Scrittori italiani e stranieri

Giuseppe Munforte

LA PRIMA REGOLA DI CLAY

Romanzo

MONDADORI

www.librimondadori.it

«La prima regola di Clay»
di Giuseppe Munforte
Collezione Scrittori italiani e stranieri

ISBN 978-88-04-57804-8

I edizione settembre 2008

La prima regola di Clay

E quando Clay, sempre in ritardo, come un angelo in picchiata entrava buttandosi per la scaletta del nostro sotterraneo, una corrente irresistibile di buoumore, una luce vera venuta a dar vita alla polvere dei neon, percorreva la palestra. Con un tuffo vinceva quello che tutti tastavano con passo incerto, per non ruzzolare. Lasciava che il portoncino metallico si schiantasse e passando batteva un colpo sulla vetrinetta della padrona. Lo sentivamo fischiettare e tamburellare con gli stivaletti sul linoleum, fino agli spogliatoi. Con la solita, indecifrabile leggerezza avrebbe ingannato fino all'ultimo il dolore, nascondendo quello che aveva in mente di fare.

Tirava dritto senza badare a nessuno ma, se incrociava il mio sguardo in uno degli specchi, strizzava inavvertibilmente l'occhio. Avevo poco più di sedici anni, ero il più giovane tra loro.

L'allenamento era già iniziato da qualche minuto. Non si poteva arrivare in ritardo, ma lui se ne infischiava. Quando passava davanti a noi facendo tutto quel casino, nessuno osava guardarlo. In quel momento, grazie a lui, il nostro cuore si liberava da un malumore che ci avrebbe impedito di dare la massima energia nell'esercizio. Come se la sua presenza ristabilisse l'equilibrio di forze della vita dei vivi, che perdevamo scendendo in quella cantina.

Ne sentivo l'odore già nelle stradine percorse per arrivarci, profonde tra i palazzi. Usciva da ogni scantinato sventrato e restituito per un momento alla luce dalle botteghe. Era un'aria liquida di muschio in cui si affondava scendendo per la scaletta, il tanfo di una creatura segregata dalla nascita. Un sentore di muffa e ratti dentro i muri, di luogo senza luce, mai ripulito. Tutto quel cuoio impregnato del sudore di decenni, le macchie sul linoleum, il sangue che una volta ho visto schizzare a ruota sulle pareti attorno al ring, da uno che si era girato dopo il colpo, a naso rotto.

Pensavo: qui non respiro, non avrò mai abbastanza forza qua sotto, né lucidità. Come dentro una tana, avvelenato da un vapore da interregno che ci toccava inspirare. Pensavo: anche questo è un carico falso per allenarsi a generare forza, come le mille flessioni, i colpi da fermo al ventre, il peso da due chili nel pugno mentre saltelli e fai un po' di scherma davanti allo specchio. Questo supplizio era il nostro segreto. Un patto che non si confessa. Potevamo resistere un passo al di sotto dell'aria.

I miei ricordi sono legati anche a quella sostanza.

Alla festa e alla leggerezza quando uscivo nella strada già notturna e libera, risalendo piano via Canonica verso la stazione dei treni. Le volte che me la prendevo comoda per tornare e sceglievo il suo silenzio da mausoleo in rovina, il buio delle panchine di ferro dieci metri sotto la strada. Mi fermavo a riposare, forte di avere da poco concluso la sfida dell'allenamento.

Portavo il fiato corto della sfida dentro la mia vita veloce, come un'aggiunta misteriosa di energia, dimenticandomi presto di quel mondo sotterraneo. Della padrona, un enorme, molle mammifero di mare tiratosi su una secca di scoglio a godere dell'estasi dell'immobilità con gli occhi duri e una sigaretta sempre tra le labbra. Un donnone che non ho mai visto uscire dal suo ufficetto, un cubicolo che sembrava un contrappeso elevato verso la strada dalla nostra carcassa sprofondata. Di Volpe, l'allenatore, mi dimenticavo, di Marzio, di Garcia, di Brusa e degli altri pugili invecchiati che venivano a suonarcele, di tutti i ragazzi con cui facevo squadra, degli irregolari, che volevano provare il brivido di stare in una palestra di pugili per poterlo raccontare. E anche di Clay.

La mia costellazione era formata da una ragazza cui sacrificavo un po' della mia libertà, da compagni di un quartiere lontano dal mio, da una cocciuta determinazione allo studio (un patto con me stesso di cui nessuno sapeva nulla) e da una luce improvvisa, uno sguardo di cerbiatto, dentro una fiera di quartiere, che non sapevo togliermi dal cuore.

Anche Clay faceva parte di questo universo. Una

specie di simulacro della grazia e dell'audacia che ogni tanto incrociavo ma, forse, non avrei voluto come compagno di tutti i giorni.

Era il più bravo. Lavorava da un carrozziere e passava la giornata con il fiato tagliato dalla vernice e dalla fatica, eppure la sera, in palestra, era ancora il più veloce e il più forte. Più di noi, che avevamo trascorso il pomeriggio rispettando strani rituali di riposo per conservare energia, sbandando per ore in estasi masturbatorie, stremati dal desiderio.

Pochi si rivolgevano a lui usando il suo nome, Ivano. Per ironia o per rispetto quasi tutti ormai lo chiamavano con quello del pugile più famoso.

Lo avevano soprannominato Clay perché combatteva a guardia bassa, con le braccia quasi lungo i fianchi, ruotando il busto con movimenti veloci per schivare i colpi, spostandosi con un balletto imprevedibile e naturale, uno scacco dei piedi con una deviazione fulminea che nessuno tra noi avrebbe saputo imitare. I piedi alati di Clay, pensavo guardandoli. Noi pesanti, noi col rimorso del riposo inutile prima dell'allenamento.

Da allora, da quei miei giorni di ragazzo, nei momenti di difficoltà, di sconfitta, mi sono sempre detto: "Pensa a Clay che lavorava e arrivava già stanco, strozzato dalla vernice, ed era il migliore di tutti. Potevano rubargli il giorno e l'energia e il fiato, ma questo non bastava a spegnere il suo talento".

Nei momenti di sconfitta e di sfiducia mi sono dato forza, con la certezza che il talento fosse seminato a mano libera, una verità tanto evidente nell'immagine di Clay in azione. Perché in nessuno di coloro che nascono con un grande vantaggio, ho visto traccia dell'atto gratuito che può il talento.

Questa giustizia oscura, che rende vane le opere nate solo dal privilegio, è la cosa più importante che ho imparato stando con lui. Aiutato da questo insegnamento, tante volte sono riuscito a tener duro, io, che ho pochissimo talento e non ho il suo sorriso. Io che da pugile mi sarei accontentato di avere le qualità dell'ombra della sua ombra. Con gli anni, questa giustizia, l'ho chiamata *la prima regola di Clay.*

La vocazione trascurata era il motivo dei suoi contrasti con l'allenatore. Ivano si allenava poco, combatteva solo di tanto in tanto e non voleva diventare professionista. Sapeva che avrebbe smesso, di lì a un paio d'anni, e non ci avrebbe pensato più. Senza rimpianti.

Anch'io contemplavo la sua stella inespressa, pensando ai titoli che avrebbe potuto vincere e dentro di me forse un po' lo disprezzavo. Non potevo capire, allora, che uno come lui potesse fregarsene della grandezza.

«Non vuole rovinarsi la faccina» diceva l'allenatore.

Clay era longilineo, piuttosto alto per il suo peso. Gli capitavano certi tori senza tecnica che nelle poche riprese di un incontro da dilettanti non poteva sfiancare con il suo balletto. Non si scopriva, per non farsi rovinare. E perdeva. In palestra il malumore durava settimane come se l'unico che poteva dare un po' di luce alla nostra squadra di pugili senza futuro stesse tra noi solo per farci un torto.

Si allenava con le scarpette da combattimento, stivaletti morbidi, alti sopra la caviglia. In maglietta bianca e calzoncini. Iniziava andando in un angolo a dare spettacolo con la corda. Anche Volpe, ogni tanto, girava gli occhi sotto il grosso casco di cuoio che usava per ripararsi dai colpi di chi stava allenando sul ring e lo osservava. Ivano partiva a corda unita, con due o tre volteggi, poi raddoppiava, triplicava il salto, incrociando le braccia, tornando a riunire la corda in un sibilo pesante e riaprendola, la striscia di cuoio invisibile, disfatta in una polvere bionda che gli vorticava attorno. Andava rapido e leggero. Una ballerina, un acrobata di buonumore indifferente alla vertigine, brandelli di luce attorno ai piedi. Guardava dritto, gli occhi sottili.

Seguivo ogni suo gesto quando si allenava o combatteva, ma non riuscivo a imparare niente. Poteva saltellare per chissà quanto, non rispettava i tre minuti della ripresa. Una volta acquisita velocità, lo vedevo nell'aura dorata della corda, i piedi quasi immobili nel movimento, a due dita da terra, senza mai toccare, e nel suo millimetrico spostamento in avanti sembrava stesse levitando. Fiato a fiato, a costo di tutta l'energia, fino a un limite assoluto di tensione, come filando sull'aria.

Suo padre era morto da poche settimane. L'avevamo saputo chissà come che era morto. La malattia aveva aleggiato tra noi per mesi e mesi, senza mai impressionarci più di tanto. Come una cosa molto lontana, un suono sporco. Non ci toccava, non la capivamo. Anche lui sembrava essersene disinteressato, non ne parlava più. Alla fine, quell'uomo era morto come se fosse in grande ritardo.

Non ricordo di avere mai visto Clay di malumore in quei mesi.

Usciva con una studentessa di Psicologia. Nello spogliatoio ogni tanto diceva qualcosa di lei. Era delicato, si capiva che le voleva molto bene. Che la studentessa avesse scelto lui, il nostro campione, un essere di un'altra galassia, non finiva di stupirmi. Metteva altro fuoco nel suo fuoco. Pensavo con desiderio a quella ragazza, al suo carattere e alla sua intelligenza. L'università era il mio sogno più grande.

Gli spogliatoi erano il nostro salotto, ma in genere si parlava poco. Ci si osservava, nessun risentimento tra chi aveva appena finito di darsele. A tenere banco erano di solito quelli nuovi, gli irregolari. Parlavano di donne e di scopate girando nudi per la stanzetta, per ristabilire le gerarchie prima di andarsene. Negli armadietti che sovrastavano le panche di legno c'erano foto di ragazze nude, arti sbranati dall'umidità, macchie di carne e sguardi che il tempo aveva disciolto nella carta. Nel mio, che era stato di chissà chi, avevo lasciato un ritaglio ormai fuso con la lamiera, stessa polpa irrorata di sangue che mi sentivo in faccia quando i pugni mi portavano a galla l'anima.

Ivano non era facile incontrarlo negli spogliatoi, perché arrivava sempre tardi e alla fine dell'allenamento l'istruttore lo tratteneva a lungo, per punirlo, mentre noi ce ne andavamo. Un'altra ripresa ai guanti, un'altra al sacco.

Lui lo chiamava Volpino. Era l'unico a poterselo permettere. Volpe era stato un peso mosca abbastanza promettente. Ai nuovi venuti mostrava alcuni ritagli di giornale conservati nella cassetta dei medicinali. La sua foto da ragazzo, l'espressione cattiva, i guanti sotto il mento, i capelli freschi di parrucchiere. Quando è toccato a me, ho cercato di non offenderlo, ho tenuto sotto controllo la mia espressione. Campione regionale, un paio di combattimenti per il titolo nazionale. Quelli bravi che passavano di lì venivano mandati al mattatoio della fama per temprarsi, dall'altra parte di Milano, da dove erano usciti Benvenuti e Duran.

Volpe non era riuscito a spedirci Clay, che si accontentava di fare il dilettante, rovesciando sfacciatamente il suo vino in terra. Sprecava la classe che all'allenatore era mancata per fare il salto e lasciare la fatica del lavoro di imbianchino. Con la sacca in spalla, mentre mi avviavo stremato verso la scaletta, lo vedevo in ginocchio di fianco a Ivano, che faceva gli addominali. Lo picchiava sullo stomaco con la grossa pera di cuoio, in controtempo. Sentivo in sequenza il sibilo e poi il colpo duro e poi la sfiatata veloce del ragazzo. E ancora il sibilo. Una lotta silenziosa. Clay per salutarmi faceva una smorfia beffarda di dolore. L'istruttore lo colpiva regolarmente, senza esagerare. Lo sguardo serio, non una parola. Lo trattava come un figlio, dedicandogli tutta la cura possibile anche sapendo che non sarebbe servito a nulla. Un figlio ormai lontano per sempre, ma al quale avrebbe desiderato ancora spianare la strada. Presentiva tutto il pericolo e la sconfitta che lo sovrastavano, ma non avrebbe saputo parlargliene. Gli bastava tenerselo vicino e prendersi cura di lui, fino a quando sarebbe durata.

Esco nella notte chiara della strada, i muscoli schiantati dall'allenamento, il passo lento. La luce si rovescia sempre più limpida verso l'alto, all'apertura tra i tetti. Sembra di camminare sul fondo di un burrone: la roccia corrosa dei portoni e dei casamenti in sequenza, la plastica grigia delle persiane notturne. La vita sepolta delle voci. In giro non c'è quasi più nessuno. La notte è penetrata da una sostanza bianca senza centro, in sospensione, di luna squagliata e lampade esangui seminate all'altezza del primo piano.

La fermata dell'autobus è in un rientro delle case dopo l'incrocio che porta al quartiere dei cinesi, contro un muro cieco. Negozi a una vetrina, merce polverosa. Al lato opposto c'è una latteria che chiude a quest'ora. La serranda è abbassata a metà. Muri con le piastrelle bianche, le sedie sui tavoli, la vecchia signora sta aspettando che si asciughi il pavimento prima di chiudere. Come sempre, mi affaccio e chiedo se posso ancora avere un cartone da mezzo litro. Lei non parla, ogni sera le do l'unica moneta che ho in tasca. Poi, vado a sedermi su un gradino vicino alla fermata e bevo avidamente il latte. Aspetto. La povertà esaltante del latte, la bellezza della vecchia che ora spegne la luce del negozio, gli anni, il disastro da anteguerra della strada che resiste blocco a blocco alle demolizioni. Nella tasca interna della giacca ho un libro. Nient'altro. Assaporo il liquido dolce, sento di possedere tutta la forza che mi occorre.

Soldi non ne ho mai. Un amico poeta nel suo quadernetto ha scritto:

> Oggi che non ho soldi sono libero
> Puro come il muro di una casa
> Come la vita che saetta
> Senza fretta.

L'ho vista per caso mentre cercavo un numero di telefono e ho sorriso, lui non l'avrebbe mai letta. Tutti noi randagi abbiamo un destino segreto da seguire. Ci basta che gli altri lo percepiscano.

Quando ci occorre qualcosa, la rubiamo. Per me tengo solo i libri, gli altri oggetti sono pasto comune. Mi sto preparando per l'università. Mancano ancora diversi anni e sto seguendo riti personali di iniziazione, ascolto unicamente la parola dei libri. Ho i manuali, sto raccogliendo i testi più importanti.

L'unico monito alla mia libertà è quello di Bonnot contro il furto dei libri, il solo oggetto sacro. Non ho mai capito perché quel grand'uomo pensasse una cosa simile, ma nessuno di noi toccherebbe qualcosa in una biblioteca o in una libreria di quartiere. Andiamo solo in centro a razziare, nelle cattedrali a due piani. I libri mi costano lunghi appostamenti e studio dei commessi. Ho una mia tecnica feroce: slaccio un bottone della camicia e faccio scivolare il volume sul fianco. Esco con le mani in saccoccia e salutando. Ho portato Sartre sotto la giacca, davanti allo sguardo fermo della cassiera, stretto contro il braccio come una grossa bestia paralizzata dal terrore.

Sento il bisogno di percepire sempre il loro dorso duro. Per leggere ogni minuto è buono, anche i pochi nel semibuio della fermata, con le orecchie tese verso lo sconquasso dell'autobus che fila veloce e se non mi faccio vedere in tempo, tira dritto. Quando arriva, butto il cartone del latte e salto su. L'attesa non mi ha mai annoiato. Il tempo che segue l'allenamento lo assaporo goccia a goccia, tengo vicino il fuoco, ripercorrendo con i pensieri le prodezze appena concluse. Gli altri della palestra sono già spariti tutti. Ivano con una grossa moto.

Sull'autobus c'è sempre poca gente. Quelli di ritorno dal lavoro si distinguono dagli sbandati solo per l'età. Mentre filiamo nei viali osservo la barriera altissima dei palazzi, le torri. Penso alle case. Mi sembrano trappole e botole nascoste da arbusti e assi polverose, da vecchie coperte intrise di fango. Sembra impossibile che possano contenere i suoni e tutto il movimento dell'umanità presa in consegna.

A quest'ora inizia un programma televisivo di grande successo. Da qualche settimana è diventato una delle manie più diffuse, aiuta a spazzare le strade dagli uomini. E da qui fuori, nella sera selvaggia, una cosa tanto naturale come sedersi in poltrona e guardarlo la percepisco come l'atto di violenza che ci si infligge restando nell'acqua bassa, a fiato spezzato. Penso ai miei compagni nella carretta sobbalzante, ancora senza cena, con la sera rovinata, come a un pugno di sopravvissuti su un campo di morti.

La sera, le chiedo di non venire.

Mi piace restare solo dopo quella specie di prova dell'anima e della carne che è per me la palestra. Qualche volta è capitato che fosse lì ad aspettarmi. Una sera che me n'ero andato presto è scesa a cercarmi fino agli spogliatoi. Ce ne sono tanti meglio di me, più massicci e spregiudicati. Chissà se osservandoli ha desiderato sentirseli addosso. Probabilmente l'hanno soppesata e tra loro sono andati giù pesante, ma non mi hanno detto niente, dopo. È andato Volpe a parlarle. Di lei mi vergogno perché penso che non sia abbastanza bella, anche se è molto bella.

Di solito mi aspetta dall'altra parte della strada. I capelli in ordine, con la riga e un ciuffo che mi spazientisce, il vestitino. Vederla, in questi giorni, stringe il cuore. È il momento di dirle quello che da tempo capisce e con il silenzio cerca di allontanare con un'insostenibile dolcezza.

Anche lei figlia di nessuno, ha trovato pure me sulla sua strada a farle del male. Lei che in fondo non ha amici e che in famiglia è considerata la più difficile perché ha avuto ragazzi e uomini a schiere e non ha studiato e fa lavori senza valore che durano pochi mesi, in nero, la centralinista o la dattilografa, l'operatrice meccanografica, la commessa. Mondi sconosciuti, linguaggi non comprensibili per me che senza occupazioni né soldi ho trovato nello studio e nella perfezione della lotta una via solitaria di iniziazione.

Forse voglio solo non avere legami. Oppure, senza dirmelo, desidero quella cosa che non entra nelle parole di Clay e lo fa balbettare e parlare a frasi mozze per rispondere al sarcasmo e alla curiosità degli altri. E non dover usare la parola *amore* come lo strumento micidiale di qualcosa che non conosco.

Non ho mai avuto tanta libertà con una ragazza. Un corpo governato da giornate in esplosione, sole e gelo, terra ubriaca di colore. Nero dei capezzoli e del filo della schiena affondato profondamente tra i muscoli, dove scivolano le mie dita, il boccio di sangue tra le gambe già un po' dischiuso prima che entri in lei e quelle gambe magre e bionde, che le mie labbra non si stancano di percorrere. Un regno di felicità e squarci imprevedibili di bellezza, fatto di materia ingovernabile, energia che spegne il pianto in riso, la paura nella certezza di essere inviolabili. Un corpo elastico, compatto, sicuro nei movimenti.

Sembra generare ogni volta una presenza carismatica di fantasma nella sua dolce inafferrabilità.

Quando siamo nudi, due ragazzi senza freno, stringendola le dico: «Sai, è tremendo non riuscire ad avvicinarsi a te».

Ride come ascoltando un pazzo.

Giro per le strade larghe e cupe tra piazza Piemonte e il delta di largo 5° Alpini, aspettando l'ora di chiusura del negozio. Nelle sere di pioggia resto sotto la pensilina dell'autobus, dall'altro lato della piazza, di fronte alla sua vetrina. Un luogo scuro, con le luci di fuoco strozzato, la scritta bianca in diagonale.

Nel freddo, l'acqua che entra da sopra, da sotto, appoggiato nell'angolo più interno, leggo. Dentro la sequenza vorticosa della gente in attesa. Vedo sfilare gli autobus, ripartire come bestie zoppe dentro la buca, la zampa affogata. Nel freddo sento la gente riassorbita nelle case, la cena nei palazzi attorno. Io non rientrerò. Mio padre non mi chiede più nulla.

Osservo le sue colleghe uscire, la saracinesca abbassata a metà. L'attesa mi fibrilla nell'inguine. Acchiappo ogni parola che mi costringo a leggere come un animale pronto subito a scappare. Cerco di governare i pensieri e di contenere l'erezione ma è come se fossi già con lei, nel brivido che precede il momento in cui il tessuto lascia la carne. Quando toglie la gonna e resta con i collant, senza altro. Per me. Quando infilo le dita sotto le mutandine e aspetto ancora un istante, con il cuore che cede, come prima di bere l'ultimo bicchiere di un vino estinto.

Le sere che tocca a lei pulire e chiudere. Attraverso la piazza scintillante, io, randagio con il giaccone di camoscio zuppo d'acqua, il libro pesante in tasca. Là, in un palazzo d'angolo, a pochi passi dal torrente della traversa in cui ogni tanto fila il tizzone acceso di un tram. Le bocche luminose delle vetture aprono squarci di trasparenza contro i muri neri della piazza, squagliando il cielo basso e nero, le ombre di corpi in movimento. Portano luce nella nostra stanza.

Chi potrebbe dire che dietro quella vetrina oscurata, su qualcuna delle poltrone del corridoio interno ci siamo noi, io mezzo nudo, lei senza più niente addosso? Nello specchio di fronte vedo la sua pelle dorata, il segno dei muscoli sotto le spalle e un ricamo di ossa e di carne tesa mentre si muove a cavalcioni su di me. E uno scorcio della vetrata: un quadro di ombre rimbalzato sui muri e sugli specchi, con i pochi passanti che filano a testa bassa e il movimento contrario dei fari e delle cabine semideserte degli autobus che rientrano nel nero della pietra come creature di luce decise a tuffarsi verso la fine.

Nei momenti di tregua, mentre la stringo a me e la cullo senza uscire da lei, le piace lasciarsi baciare così, senza aprire gli occhi. Sento brividi di freddo percorrere le sue gambe, l'anello che mi stringe all'inguine farsi più duro, intollerante. Mi piace sentirla chiudersi così come io mi spengo.

Penso alla pioggia là fuori, alla sera senza splendore dei miei fratelli, alla possibilità che arrivi improvvisamente la padrona, al dono dei miei giorni leggeri, senza controllo. A tutta la facile forza, a tutta la loro libertà. La sola ombra nella prefigurazione dello sguardo di Volpe domani in palestra, quando forse pagherò in ogni muscolo – una corrente di spossatezza fulminea – questa dolce violazione della mia castità di pugile.

Vedevo attorno a me persone splendide. Eppure sapevo che le nostre vite sarebbero scorse ai margini della corrente grande, come rivoletti di costa separati dalla giuncaglia. Mossi da un'energia indomabile, ciechi, penetrati dal fango della riva e dagli animaletti codardi che servono la corrente grande annullandosi.

Avevo il mio patto con lo studio e con i libri. La palestra e quella ragazza senza freno che non si stancava di venirmi a cercare e di stare con me, non bastavano a fermare la mia corsa verso qualcosa che non era ancora accaduto. Sentivo che quasi tutti i miei compagni, come me, avevano qualcosa di nascosto da seguire, una missione taciuta, un dono occultato non per egoismo ma, in un certo senso, per umiltà.

Nessuno sapeva riconoscere, tra le cose che riempivano i nostri giorni e le nostre fantasie, quelle che ci avrebbero cambiato per sempre la vita. Sarebbero rimaste in sordina, anche loro come relitti ai bordi della corrente forte.

Nessuno di noi sapeva comprendere quello che era stato dei nostri padri. La loro esistenza indecifrabile, imprigionata oltre una barriera di vetro. Solo dopo anni ho saputo vedere quanto fossero simili, considerare uno a uno quelli dei miei compagni e guardarli in questa prospettiva. La stessa vita dura che non ci riguardava. Trovare nei loro lavori così diversi, nelle case, nel carattere una traccia, una vena sicura che il loro orgoglio avrebbe negato.

Alcuni erano già malati, già vecchi. Alcuni già morti, come il padre di Clay. Alcuni perseveravano con tutta la forza della salute, giorno per giorno, nella sfida che poco a poco li avrebbe piegati. La loro morte era solo un'ombra. Anche per noi. Non riusciva a toccarci.

Alcuni erano morti in maniera bizzarra, quasi gliel'avessero preannunciato. In gruppo, falciati per contagio. Qualcuno era scappato, qualcuno no. Il cielo si era ristretto, l'aria diventata minacciosa. Si erano incamminati senza dire niente, soli, entrando in un canale di buio e di raffiche gelide, sentendosi poco più di nulla. Le unità di misura inumanamente dilatate.

Quel tipo d'uomo, consapevole fino alla fine, si avvia nella bufera come una testarda bestia di gregge.

Non potevo ancora capire questa grandezza.

La notizia arrivò con il passaparola dei vicini. Del

padre di Ivano l'ho sentito da mio padre, una sera, a cena. Ne parlò senza emozione, quasi cercando lui stesso di farsene un'idea. Nei nostri palazzi erano almeno una decina ad aver lavorato in quella fabbrica. L'uomo che di lì a poco sarebbe morto forse non era suo amico ma era stato compagno di tante discussioni e di giorni di lavoro, quando io ero bambino e i palazzi ancora non c'erano e vivevamo in case disfatte come un ubriaco pronto a crollare. Come un vecchio molle e sbronzo che ha bisogno ogni momento di una spinta e di essere risollevato per le spalle. Gli uomini di sabato si riunivano per sistemare un tetto, una ringhiera che crollava, per rifare un gradino di cemento davanti agli usci, affinché d'inverno il fango e l'acqua non si riversassero oltre il livello dei pavimenti.

Ho rivisto quel tempo dimenticato negli occhi di mio padre, mentre parlava. La fabbrica era stata chiusa, il sindacato aveva fatto denunce e ci sarebbe stato un processo. Il padre di Ivano da tempo entrava e usciva dagli ospedali. Avevo letto il suo nome qualche volta in cronaca, nelle pagine locali. Era stato il primo a cercare prove e poi giustizia, quando ancora nessuno poteva immaginare quello che sarebbe successo e lui e i suoi compagni dovevano scegliere soli, ogni giorno, tra la vita e il lavoro.

Sui giornali si diceva che con i suoi documenti, vecchi di anni, si sarebbe fatto il processo. Lui non ne avrebbe visto la fine. Una volta ci fu anche una sua foto, in un articolo. Sul balconcino di casa. Con un suo compagno di lavoro, la moglie dietro. La roba povera sul balcone, il cemento spelato, niente spazio. Con il vestito della festa, la cravatta, i capelli all'indietro e un mezzo sorriso. Nella didascalia erano scritti i loro nomi. Vestiti così perché forse erano appena tornati da una convocazione in tribunale. Sapevano già che tutto quello che stavano facendo non li avrebbe salvati. Il compagno era morto un paio di mesi prima di lui.

Sotto il porticato, dov'era il cancello di ingresso alla fabbrica, qualcuno aggiornava la lista dei morti. Un manifesto bianco, i nomi segnati con il pennarello. Nessuna iscrizione in alto, nessun titolo. Una lapide di carta con i nomi e la data.

Quella sera ascoltai mio padre dire che anche il padre di Ivano era alla fine. La voce calma. Non provavo niente. Le notizie dei morti erano un rendiconto privato che avevo imparato a conoscere nelle parole degli anziani. Quella volta, però, attento al tono e non alle parole, pensai che il legame tra gli uomini se trova un ostacolo a manifestarsi nel loro carattere allora si esalta – come materia sfregata si incendia. Un fuoco sotterraneo. Una ferita nascosta che si può solo intuire, profonda nella dissimulazione delle loro vite aspre.

Ho pensato di sfuggita a Clay, ai suoi fratelli più grandi, ormai due uomini lontani, al fratellino che aveva da poco iniziato le medie, alla ragazza dagli occhi di lepre. Un'immagine di loro, un dolore quasi irreale.

Forse non ho mai pensato davvero a lei come alla figlia dell'uomo avvelenato dalla fabbrica. Perché ero un essere astratto e, nella festa dei miei giorni eterni, provavo lo stesso sgomento per la morte di un pugile atterrato in un incontro senza speranza e per quella di un uomo che mi aveva visto bambino e della cui vita mi restavano solo pochi episodi confusi, tra i tanti sospinti a caso dalla risacca. Solo una delle ombre della mia infanzia – non *suo* padre – che improvvisamente si presentava per congedarsi.

Come se tutte le morti appartenessero a un identico rumore sordo che avvolgeva senza presa le mie giornate, lasciando la sua impronta di cenere sulle cose, ma senza intaccarne la violenza dei colori. Un'ombra dei movimenti, un niente, che non volevo concedere appartenesse alla loro natura profonda – ed era invece l'anima della mia vocazione allo studio, la leggerezza e la forza cupa degli allenamenti, e forse anche di quella luce incomprensibile che iniziava a insidiare i miei progetti, e che non sapevo ancora chiamare *amore.*

Quegli occhi li ho incontrati la prima volta per caso alla fiera di Dergano, la seconda domenica di ottobre. Tra le bancarelle nelle strade chiuse al traffico, verso sera, dentro la musica assordante di altoparlanti affogati dal buio appena due passi oltre. Occhi simili a brace in sospensione, sfiorati dalla cascata dei capelli. Non li ho riconosciuti ma, chissà come, mi hanno bruciato subito.

Si teneva in disparte, sembrava volersene andare. Non sapevo chi era, non ho chiesto.

Mi piaceva non mancare al rito di quella festa che annunciava l'inverno, per stare un po' tra le nostre quattro strade incendiate dalla gente riversatasi dai palazzi, tra le urla dei battitori e la truffa delle aste improvvisate per un servizio di piatti o di posate e tele che si sarebbero sciolte alla prima acqua. Il rombo dei generatori di corrente, i bicchieri lanciati a terra, le ceramiche pestate sui banchi, le caldarroste, le ultime tende agli svincoli o nel tratto cieco delle stradine prima delle barriere, piegate nel buio e semisommerse come postazioni abbandonate alla violenza della stagione. I bambini storditi dal movimento e da tutta quella ricchezza di roba rovesciata a terra o accumulata in pile dai colori liquidi, raggiungibile, per una volta, a un semplice cenno dei padri, come al cenno di un re.

Ero con un amico che avevo convinto a seguirmi, prima di andare dagli altri in centro per il cinema. Loro erano in tre. Ci siamo fermati un po' a parlare dietro le bancarelle, nella penombra della corrente. La compagna di scuola del mio amico ha detto i nomi, io ero distratto e non ho capito bene. Guardavo il movimento, non potevo ancora rendermi conto di quello che stava accadendo. Siamo scappati quasi subito. La mia cometa è arrivata in questo modo balordo, generando attrito, un dislivello di pressioni nel mio universo già instabile. Un graffio nella vernice, un segno preciso a fior di pelle che non avevo sentito ma che presto avrebbe iniziato a pulsare come una ferita.

Io sono la corsa, mi dicevo. La purezza della carne, un'idea di lotta silenziosa e di crescita, un continuo dialogo di fantasmi. E sentivo che tutto in fondo valeva molto poco e poteva diventare polvere da un momento all'altro. Stavo all'erta, come un cane che fiuta il nemico ma attorno vede solo spazio vuoto.

Un giorno poi, faceva già freddo, l'ho incrociata sulle scale della biblioteca di villa Litta. Quando non avevo gli allenamenti andavo nella sala di lettura, prendevo qualche manuale universitario e ci restavo fino a sera.

«Io sono Vera» ha detto, fermandomi.

Un giubbotto malandato che qualcuno doveva aver usato prima di lei, pantaloni di velluto scuro, scarpe da uomo, e capelli castani, luminosi: una cascata sulle spalle, si muovevano e salivano come una sua estensione appena toccata dalla fiamma. Gli occhi verdi, quasi orientali, un po' nascosti dai capelli, come lampi fermi all'esplosione; le labbra carnose, la pelle bianca di ragazzina, macchiata dalle lentiggini. Le ho sorriso come si sorride a una bambina impertinente.

Gli occhi saetta – una fitta di novità e di buonumore – mi riportarono alla sera della fiera.

«Su, non fingere di non ricordare.»

Stava scendendo, si era fermata un gradino sopra di me. Averla così vicino cancellava l'immagine che mi era rimasta di lei, come se avessi visto male. Aveva un mento diverso, e quel naso un po' grosso, occhi nuovi e sopracciglia segnate a mano pesante, di pastello e terra. Eppure era lei, la stessa forza di fuga, quella materia non terrestre sulla cui scia di lì a poco avrei voluto mettermi, scegliendo il suo azzardo anche a costo di perdere tutte quelle che avrei potuto avere.

Non ho detto niente. Continuavo a sorridere, osservandola. Era come se in pochi istanti avessimo fatto un grande passo, così, senza intenzione. Grande per il nostro carattere schivo.

«Cosa leggi?»

Alzai i libri mostrandone il dorso. Avevo consegnato molte sere a quelle pagine, i crepuscoli di fine autunno, in solitudine esaltata, la domenica e tutti i giorni di riposo. Angeli custodi per giorni e giorni avevano gravato nella tasca della mia giacca, seguendomi ovunque, nei giri randagi, all'angolo della pensilina in attesa che la mia ragazza spegnesse le luci del negozio e mi chiamasse dalla vetrina. Su uno, il più difficile, avevo scritto commenti a matita. Mi piaceva l'idea che dopo molti anni sarei potuto andare a cercarlo, ritrovandoci intatto il mio respiro di ragazzo.

«Se vuoi, possiamo fare due passi.» Lo dissi così, per farle piacere, perché in fondo non ne avevo molta voglia. Mi sentivo pieno di energia, come appena sveglio dopo una notte di sonno assoluto. «Consegno i libri, aspettami.»

La ritrovai sotto il portico, tra la gente che andava e veniva. Ci incamminammo per i giardini della villa.

Stava facendo buio, una fredda sera di novembre, l'aria ferma, la terra dura e i legni e le foglie pronti a bruciare nel gelo.

«Io ti conosco.»

«Sì» disse lei, senza aiutarmi.

Un esserino come tanti. Sentii che dovevo averla incontrata molte volte senza accorgermi di lei. Inappariscente, malvestita, una bambina che non vuole crescere. Questi esserini, pensai guardandola, hanno una luce speciale che certe volte ti consegnano, per farsi riconoscere. Mi arrivava forse al mento. Quando si voltava per guardarmi, i suoi occhi di lepre si allargavano al centro e la pupilla componeva un'espressione bizzarra, come un sorriso misterioso.

Ci fermammo a una panchina. Il riflesso delle grandi finestre della biblioteca scendeva sul prato in rivoli e segmenti di luce che rendevano più profondo il buio attorno.

«A vederti, non sembri uno da biblioteca.»

«Sono troppo grosso?»

«Visto da qua sotto sei enorme.»

«Un mio amico spesso mi fa uno scherzo: lo sento alle spalle, parla con qualcuno che ancora non mi conosce, mi indica e dice: "Vedi quello?" e vuole dire: *Vedi quel bestione?* (Io sono sempre più grande di tutti.) "Quello" dice, "non ci crederai, è il mio pane intellettuale."»

«Il suo cosa?»

«Vuole dire che quando si infila in un vicolo cieco di questioni, io qualche volta gli trovo una via d'uscita.»

«Uhm!»

«Sono testardo, tutto qui.»

«Tu e i libri.»

«Qualche libro.»

«Angelina, la ragazza che ci ha presentati l'altra sera, ha una grande opinione di te. Ti vede spesso sull'autobus quando va a scuola. Sempre a leggere, sempre con un libro in tasca. Stai attento se la vedi, non la deludere.»

«Starò attento. Terrò la bocca chiusa.»

Quando rideva, riuscivo a vedere l'ombra bianca dei suoi denti larghi e perfetti. Chissà se quelle labbra l'avevano già fatto a qualche ragazzo. Forse avrei dovuto baciarla subito. Eravamo affondati nel buio. Se qualcuno fosse passato sul viottolo a pochi metri da noi, non ci avrebbe visti.

«Dimmi qualcosa di te» sussurrai nel silenzio attraversato dalle vibrazioni di quella strana vicinanza.

«Io, niente. Io sono una... che si sta congelando.»

«Vuoi che andiamo?»

«No, mi piace.»

«Anche a me piace. Aspetta... ho qualcosa per te.»

Presi dalla tasca un vecchio paio di guanti di lana neri, che amavo perché erano stati di mia madre, lisi ai polpastrelli, qualche buco tra le dita che per venerazione non aggiustavo, e glieli diedi. Quando li vidi sulle sue mani, fu come se la sua carne avesse toccato la mia.

«Perché non li aggiusti?»

«Perché...» le risposi, riflettendo un momento per dirle la verità. «Perché è un'operazione delicata. Come dire... un processo di elezione della materia. Il cotone nuovo deve integrarsi alla loro sostanza. Occorrerebbero mesi. Forse non si può. Deve ammorbidirsi e scolorirsi e lasciarsi assorbire. Un processo di assimilazione complesso... certo provocherebbe al loro corpo uno stato continuo di tensione, sofferenza, di giorno e di notte... come aggiustare un violino con il compensato.»

Nei portici che davano sul parco avevano acceso le lampade notturne, per evitare che a qualcuno venisse voglia di andare a bucarsi là sotto. Dietro c'erano le vetrate di un corridoio illuminato che portava negli uffici comunali di zona. Al primo piano, nelle tante stanze della biblioteca, non si vedevano movimenti né ombre, come se non ci fosse ormai più nessuno.

«Io...» disse lei, trattenendo una risata. «Io lo sapevo che eri pazzo. Tutto qui. L'ho anche detto alle mie amiche, l'altra sera, dopo averti guardato un po'. Basta vedere come ti vesti. Ho vinto la scommessa, anche per il coraggio di stare qui da sola con te, al buio.»

«E cosa hai scommesso?»

«Un paio di guanti nuovi.»

«Solo?»

«E una sciarpa. Nuovi di negozio. Non li ho mai avuti. Ci credi?»

«Ci credo. Io invece non sopporto le cose nuove, se potessi metterei solo gli abiti usati dalle persone cui voglio bene. Hanno la forma, hanno lo spirito dei loro giorni.»

«L'anima?»

«Cosa?»

«Non stai dicendo che gli stracci hanno un'anima?»

«Non so... si può chiamare così, forse.»

«Prova a dirlo.»

«L'anima tessile. Nessuno l'ha mai studiata.»

«Sarai tu il primo.»

«Ci puoi credere.»

Il fiato leggero. Le sue piccole mani disegnavano nell'aria le parole, come bestiole mosse dal gelo. Il freddo ci stava provocando una specie di narcosi. Non sentivo più il legno, né la terra né la superficie nuda del volto, fusa nell'aria come dentro a un vetro.

«Hai ancora freddo?» le chiesi.

«Non sento più i piedi.»

Allora, senza riflettere, con i pensieri bloccati dal freddo e una sensazione di dolore per l'immobilità, ho preso la sua gamba e l'ho posata sulla mia. Le ho tolto la scarpa e ho iniziato a sfregarle delicatamente il piede tra le mani. Portava calze leggerissime. Le scarpe non erano adatte alla stagione. Le ho massaggiato le dita una a una. Le ho rimesso la scarpa e mi sono spostato al fianco opposto, per riscaldarle l'altro piede.

Quella fu la prima volta, per folle ispirazione. Nei nostri vagabondaggi per la città avremmo conosciuto profondamente il gelo, nelle lunghe giornate d'inverno, volendo stare insieme anche senza avere una casa dove andare né i soldi per entrare in un posto riscaldato. Ogni tanto l'avrei fatta sedere, inginocchiandomi come un cavaliere davanti a lei, e le avrei riscaldato i piedi, indifferente allo sguardo sconcertato dei passanti. Uno dei riti più dolci del nostro amore straccione.

Ogni anfratto, gli interstizi dei budelli di cemento, le cavità di ferro e di pietra che erano di tutti e dove nessuno andava, solo che dessero un po' di riparo. La scala di sicurezza di un supermercato, verso la metà di Pellegrino Rossi: un pontile che ruotava tre volte verso il cielo, nascosto dai cartelloni pubblicitari. Terminava con un pianerottolo fatto di una grata d'acciaio, contro la porta d'emergenza. È stata lei a portarmici. Che posto straordinario. Eravamo dentro e fuori allo stesso tempo. Guardavamo la gente, che non poteva vederci, passare un paio di metri sotto di noi. Il rombo della strada, le voci, la luce dei lampioni e del palazzo di fianco. Lì per la prima volta ho sentito il sapore del sesso. Niente era più bello che vederne i colori alla luce del giorno. Bello più del fatto che lei non mi fermasse, quella ragazzina. Nessuno sarebbe venuto a importunarci, lì, quasi in mezzo alla strada, appoggiati ai tubi arrugginiti di una scala d'emergenza.

Forse per sfidarmi, mentre ci baciavamo mi slacciava i calzoni e mi metteva nudo, mi accarezzava, davanti a chiunque avesse avuto voglia di sbirciare. La lasciavo fare. Mi piaceva quel freddo, mi piaceva che anche lei se ne fottesse della gente e della vergogna. Il primo sigillo. "Non mi guardare" mi ha detto. E poi: "O guarda, fa' come ti pare". Un pomeriggio qualunque, con le donne sotto di noi che trascinavano i carrelli e i ragazzini che roteavano sui pattini e sulle bici nel piazzale davanti. Si è abbassata e mi ha preso con la bocca, così, senza darmi il tempo di dire no e di fare l'ipocrita. E io guardavo verso la scala, verso il palazzo di fianco, per non guardarla e lasciare che il suo gesto si incidesse troppo a fondo nel mio cuore. Ho sentito che non l'aveva mai fatto e ho pensato alla mia stupida mente ingovernabile che lo aveva desiderato, quel segno, ogni volta che avevo guardato le sue labbra, fin da quel primo incontro sbandato nel parco della biblioteca.

«Ora andiamo» mi disse. «Prima che si congelino di nuovo.»

Solo fuori, camminando piano per le strade illuminate dalla luce particolare che esce dai lampioni nelle notti dure, ci siamo resi conto che era accaduto qualcosa di decisivo tra noi. Non parlavamo più, forse per non violare quello stato di sospensione e di curiosità. La seguivo senza pensare alle strade, senza guardare la gente.

Percorremmo le stesse vie, tagliando il delta della provinciale a un preciso attraversamento, le stesse botteghe, un vuoto di campi schiacciati da strade larghissime a corsia tripla, e rotonde d'incrocio e piattaforme di cemento su cui sarebbero atterrate come astronavi le nuove costruzioni, e quando mi ritrovai davanti al mio palazzo, una delle torri nuove prima di Bruzzano, pensai che fosse stata lei ad accompagnarmi a casa.

«Io abito qui» mi disse.

Mi fermai, senza parlare. La torre sopra di noi come un corpo steso contro il silenzio del cielo, le luci e le stanze, le figure intraviste ai piani bassi, a poca distanza da quella in cui abitavo io. Ogni tanto passava qualcuno di ritorno dal lavoro, senza fare caso a noi.

Alzò verso di me quegli occhi incredibili, si tolse i guanti e me li porse, dicendo: «Oggi il freddo ha trovato due nuovi amici».

Due anime che il gelo non avrebbe sopraffatto, libere minuto dopo minuto sulla terra seminata di brina, senza nessuno in giro, nei giorni gloriosi dell'inverno. Con la bocca paralizzata, gli occhi come cristalli, le mani bloccate che non riescono più a chiudersi, le dita senza sensibilità, incapaci di allacciare un bottone. Come senzacasa ai margini del mondo, quasi allo stremo ma forti di giovinezza. Non desiderano nulla più di quello che hanno. Più del freddo, più del tempo docile e fratello.

Ho preso i guanti, incantato dalla complicità che si era prodotta tra noi. Prima che potessi parlare ho sentito un colpo alla spalla. Mi sono voltato e ho visto Ivano di fianco a me.

«Ehi, campione» ha detto, sorridendo, «non spaventare la mia sorellina.»

È rimasto fermo un istante, dondolando leggermente la testa, guardando in terra, poi ci ha strizzato l'occhio, entrando nell'androne con la sua camminata elastica di pugile, lanciandosi leggero per le scale.

Lei sembrava felice del mio stupore. Mi ha sorriso. Si è alzata sulla punta dei piedi avvicinando la bocca alla mia, senza baciarmi ma facendo scorrere piano la lingua sulle mie labbra, per tutta la loro superficie. Poi, senza dire più niente, lo ha seguito.

In quel momento ho rivisto la bambina cui non avevo più pensato da almeno dieci anni, né saputo riconoscere. La piccola Veruska, così timida, una del branco di piccoli che vivevano nella corte, quasi irriconoscibile se non per quegli occhi in germe sepolti dentro un viso più largo, meno tagliato agli zigomi, ma già stregati da una loro elezione selvaggia, di creatura lontana dalla ferocia.

Mi sono incamminato verso l'ingresso della mia torre, sottile e interminabile, squadrata come la costruzione di un ragazzino demente, con terrazzini costruiti all'interno, per risparmio, come stanzette senza mura.

Il volto gelato, i muscoli delle gambe intorpiditi. Senza riuscire a resistere al desiderio di farlo, ho portato al viso i guanti, scoprendovi un profumo leggerissimo, quasi dolce, un'onda nuova nella loro materia. Li ho rimessi, sentendo di nuovo la mia carne toccare la sua.

A casa sono rimasto a lungo sdraiato, ripensando a quello che era successo, senza mangiare né rispondere in modo lucido a mia madre, che ogni tanto veniva a chiamarmi. Non avevo mai fatto cose tanto patetiche, né mi ero mai sentito così stupido. Ma non sapevo staccarmi da quell'emozione che non conoscevo e cui non volevo dare un nome. Tutto mi sembrava sottosopra. Pensavo a birilli scaraventati in aria. Una lenta vibrazione di astri. Che stupido, giocato così al primo contatto.

Quel profumo impercettibile lo annusai ancora molte volte nei guanti. Un odore di cucciolo messaggero nella tana, dopo una corsa mortale. Per buona parte del giorno successivo mi sembrò che ci fosse ancora. Non riuscivo a capire se era la mia illusione o un potere meraviglioso della sua pelle.

«Il destro! Il destro! Il destro!» scandisce Volpe, lasciando affondare il colpo nel guantone spalancato e spostando leggermente la testa ai lati della corrente. «Ancora! Ancora! Ancora!»

Una vertigine. La debolezza mi morde lo stomaco, come se tutto il sangue fosse defluito. Ma non voglio cedere. La mancanza di fiato brucia i polmoni. Tengo a stento la bocca chiusa, serrando con forza le mascelle. Vorrei sputare il paradenti e buttarmi per terra per respirare tutta l'aria possibile. Correre alle docce e ficcare la testa sotto il rubinetto del lavandino, bere e gonfiarmi fino a svenire per spegnere il dolore della gola arida, la sete che inizia a farmi strapensare. Ma non faccio nulla. Percepisco il sibilo dell'aria che entra e esce duramente dal naso quando colpisco. E il sibilo dolce del guantone che si abbatte e torna, il cuoio che stride – il suono di una valvola a pressione che trattiene lo scoppio.

Volpe, piccolo com'è, quasi non lo vedo. Ha paura che lo prenda in faccia. Saltella veloce a destra e sinistra, io mi sposto per colpire.

«Ancora! Ancora! Ancora!»

L'orologio è alle mie spalle, non riesco a vedere quanto manca alla fine della ripresa. È stato un allenamento pesante, prima la corda e la scherma allo specchio, poi pesi e ginnastica, poi il sacco. Otto riprese tirate, poi un po' di addominali e di colpi allo stomaco, infine le riprese con i bestioni a riposo o con qualcuno della squadra, due con questo, due con quello. Se l'avversario è troppo vecchio, non devo colpire forte, se è più piccolo, posso colpire solo con il sinistro. Le prendo sempre. Prenderle mi esalta, se l'altro è uno dei giovani professionisti che ogni tanto vengono ad allenarsi da noi, perché comprendo di poter sostenere la sfida. Quando li raggiungo, accusano i miei colpi.

Menu completo, oggi. Un assaggio di tutto per tenere fresca la memoria. Per finire, qualche ripresa di tecnica.

«Veloce! Veloce! Su: veloce! Tu sei smilzo, devi essere solo veloce! Ancora! Ancora! Ancora!» Quanto ancora? Gli altri sono già tutti fuori. «Ora il destro! Destro! Destro! Destro! Ora così, gancio e montante. Gira di lato. Gancio e montante! Su, su, su!»

Annuisco stringendo i denti sul morso di plastica. Quel modo unico in cui annuisce un pugile al maestro.

Sogno l'acqua, e di crollare in terra a peso pieno. Senza corpo. Non so dove siano le gambe e se le braccia che vedo scattare sono le mie. Scivolo sul mio sudore. La maglietta e i calzoncini hanno cambiato colore. Sogno di essere un vecchio immobile per ore al parco, un ragazzino che deve solo tirare sera picchiando una palla contro il muro. Di dormire, di annullarmi, di scappare per la porticina in cima alla scala come un palloncino senza padrone. Sogno di non essere mai stato lì, di non aver conosciuto quell'ometto caparbio che vuole fare di me un combattente e non si rassegna alla mia pochezza.

«Basta» dice Volpe, vedendo che sto per crollare, strizzandomi l'occhio. «Se no mi spacchi la mano.»

Dopo un istante, suona il termine della ripresa.

Mi fermo, un po' barcollante. Lascia che sputi il paradenti nel suo guantone, mi colpisce leggero allo stomaco e scivola sotto le corde, avviandosi alle docce. È finita.

Tolgo il casco, lo vado a posare. Sfilo i guantoni. Inizio lentamente a svolgere le bende dalle mani. La fatica non ha vinto la tristezza, che torna a crescere, come se mi fossi solo appisolato.

Posso chiamarla tristezza questa cosa cupa? È una sera speciale. Forse Volpe l'ha capito. Jacopucci sta morendo. Mi muovo adagio, sono l'ultimo nello spogliatoio. Non voglio uscire per non avere nuove notizie. Ho nella testa la sua vita. Gli altri sembrano non pensarci già più. La televisione ha mostrato la sua caduta di angelo biondo. Ho comprato il giornale sportivo, non l'avevo mai fatto. L'ho portato con me, è sul fondo della borsa. Sulla prima pagina c'è la foto, lui a terra con gli occhi sbarrati. Come per lo stupore che il coraggio non sia bastato, dopo aver sempre saputo profondamente che sarebbe andata così. Penso a quelli che uscivano dalla trincea sapendo di essere falciati.

In palestra non ho detto niente, non ho chiesto. Ho solo ascoltato le chiacchiere stupide degli altri. È come se con lui avessi stretto un patto silenzioso. Tu sei il mio campione, è scritto nel patto, più di Sugar Ray Leonard, più di Marvellous. Forse più di Clay, oggi. Anche Clay ha avuto quel coraggio folle, di esporsi a faccia nuda, gli occhi purissimi, ai colpi di maglio. Sono il giunco, dicono gli occhi, e anche se la corrente mi spezza non spegnerà la coscienza eterna. E forse, dice la follia, non mi potrà mai spezzare.

Anch'io sono così. Come era lui. Sono alto, le braccia lunghe. Devo imparare a danzare e a colpire con furbizia. Sono troppo alto. Non posso vincere i bestioni con la forza, quelli che ti vengono sotto come un blocco di ferraglia che esplode, mandando colpi come mazzate piene di disperazione.

Contro la bellezza. Avevo negli occhi i suoi capelli ricci, il corpo modellato. Una foto della moglie all'ospedale.

Brusa, il nostro bestione cinquantenne, solido e largo come un otre pieno di sabbia, ha detto che se l'era voluta. In milanese. «L'era un bauscia. Tüt lì!»

«L'hanno montato. Non doveva pensarci di andare al Mondiale. Ma l'hai mai visto Minter? Che sguardo. Uno così contro quello!»

Sento la frase venire giù dal mezzanino della padrona, dalla finestrella che si affaccia sulla palestra. Credevo di trovare solo orgoglio stasera, la vibrazione cupa che provo. Capisco che i bestioni sono più furbi, più esperti. Non provano la mia stupida compassione per la bellezza.

Brusa ha detto "l'era". Al passato. Uno così mi fa schifo. Adesso ha una piccola ditta di trasporti e di muratura. È arrivato anche lui al titolo italiano. Ha avuto il destino di avere un figlio piccoletto, un peso mosca, che picchia come il padre, alla cieca, con colpi disperati. Avrebbe preferito uno come me, un mediomassimo. Quando allena il figlio, nel suo sguardo vedo la vergogna per averlo avuto così, lontano dalle nostre categorie nobili di peso. Con me, che sono più alto di tutti, vuole sempre fare uno stupido gioco. La mano stretta, piede contro piede, tutta la forza e un gioco di equilibri, per smuovere l'avversario.

Vince sempre lui.

Ricordo una sera. Lui e il figlio sul ring. Lui grugniva: «Dài, dài, dài!» tenendo i pugni stretti contro il caschetto, dondolandosi sul tronco. Il figlio lo colpiva ovunque, con stupida esagerazione. Poi, qualcuno è arrivato dalle scale e ha fatto baccano, qualcuno ha riso, lui si è distratto e ha lasciato la guardia attorno alla faccia, si è voltato, e il figlio l'ha centrato pesantemente sul naso, facendolo barcollare. Brusa l'ha allontanato con una manata ed è saltato fuori dalle corde, andando a vendicarsi su quello che era entrato. Il naso pesto, il volto arrossato sotto il casco, ha preso il disgraziato e l'ha sbattuto contro il muro. L'altro, un ragazzotto di teppa che non sapeva picchiare e veniva ogni tanto in palestra per vantarsi con gli amici, non si è mosso. Immobile come di fronte a un cane feroce, sperava forse di suscitare pietà. Brusa lo ha preso per le guance e sollevato contro il muro. Lo hanno fermato mentre staccava il destro per sferrargli un colpo allo stomaco.

A questo punto iniziò a urlare, litigando con tutti. Il figlio paralizzato nell'angolo del ring. Il ragazzotto lo minacciava di morte, la camicia strappata, le guance viola. Brusa ha cercato un paio di volte di riprenderlo, forzando la presa di quelli che lo bloccavano, poi ha raggiunto bestemmiando lo spogliatoio, si è cambiato e se n'è andato senza guardare più nessuno, dimenticandosi anche del figlio.

Uno così Clay lo teneva a bada con buffetti veloci di sinistro, un ricamo di morsi a braccio teso, saltellando di lato e sgusciando alle corde, facendolo avanzare come un orso tenuto per il collare, insicuro nella camminata umana, per poi torcersi e rientrare con il destro nei momenti di distrazione. Scivolando subito lontano. Lontano dall'uomo inferocito che l'arbitrio continua a distinguere dall'animale, anche nella rissa più violenta. L'arbitrio di scegliere la preda per vendetta, di disprezzare i figli e la morte di un angelo sconosciuto.

«Noi siamo la cura dei bestioni» diceva Clay, ballando a guardia bassa, quando ci toccava di scontrarci per un paio di riprese. «Prova a colpirmi» insisteva. «Prova sul serio.»

Io gli andavo dietro come l'orso docile, prendendo le sue sberle di rimessa, senza riuscire a toccarlo. Angeli bendati che educano i bestioni all'umiltà, conservano l'energia e dispongono il movimento come una strategia per arginare la sopraffazione. Sentivo che la vita poteva avere anche questa direzione, e che forse l'energia trattenuta portava a una forma luminosa di contatto. Come era accaduto con Vera, quella sera, quando nessuno di noi due aveva sentito il bisogno di fare un passo oltre.

Non riuscivo più a guardare Clay senza pensare un po' a lei. Come se le sue qualità di pugile e di uomo fossero una diversa manifestazione di quello che mi attraeva in lei. Un dono comune della leggerezza che a me era negata. Avrei voluto che non fossero fratelli, non saperlo mai. Che quella cometa restasse libera nel suo mistero. Io, che in fondo ero un bestione solitario, mi sentivo insidiato dalla leggerezza come da una sostanza sconosciuta.

Eppure mi piaceva pensare che fossero cresciuti insieme, nella stessa casa, e avessero dormito vicino e assaporato insieme il desiderio di crescere. Con la rabbia, con l'affetto di fratelli, nel contrasto delle scelte, nella voglia imperiosa di andarsene. Forse. Mi piaceva che fosse lui a conoscere il segreto della sua trasformazione, da crisalide a farfalla. Percepita mattina dopo mattina, nella trasformazione del corpo, nel suo odore di donna nel sonno, da quando io avevo dimenticato addirittura che esistesse.

Con lei non ho mai parlato della palestra. Sospettavo che in fondo disprezzasse la boxe, come tutte le ragazze. Non le ho parlato della morte del mio campione, mi trattenevo come faceva lei, che ha nascosto sempre con me il dolore per la morte del padre. Come una vicenda troppo alta per poter essere spesa fuori dalla famiglia.

Ora, quando la incontravo per strada – lei con qualche amica, io con uno dei miei compagni di nomadismo e di furto – e ci fermavamo a fare quattro chiacchiere, l'emozione mi rendeva taciturno. Stavo in disparte, lasciavo fare agli altri. Sbirciavo la mia stellina cercando di capire se anche per lei fosse tanto importante il nostro segreto.

I miei amici sembrava non si accorgessero di lei. Pensavano alle amiche, non alla ragazzina malvestita che iniziarono a considerare solo come "la sorella di Ivano", niente di più. Senza doni speciali, non ancora donna nel corpo e comunque sgraziata e un po' tozza, troppo silenziosa e forse non per timidezza. Chi avrebbe potuto pensare che potesse piacermi proprio lei?

Pensando alle sue gambe non belle e al suo sguardo indifferente mentre la spogliavo, mi masturbavo, invece di andare a cercare il piacere vero da quella ragazza con un corpo da centometrista che forse stava già trovando con altri la soddisfazione che non le davo.

Piacere era una parola che usavo per ingannarmi. Perché lei stava arrivando a me come aria radente, carica di brina. L'aria che d'inverno rimescola la polvere con le sue lame, spazza, pulisce, apre l'orizzonte, tormenta dalla pelle al cuore. Senza smorzare il desiderio di essere fuori, nella festa del gelo, vincendo passo dopo passo la sofferenza.

In quei giorni avrei voluto che il tempo libero dagli allenamenti finisse subito. Desideravo tornare alla cupa ripetizione del cerimoniale di Volpe, all'aria bassa della caverna e al pugile che non sarei mai diventato, lontano dall'emozione di lei, dagli amici indolenti, immaginando un tributo all'angelo morto, spegnendo i pensieri nell'esercizio, la vita nell'energia esaltata della nostra galera.

Mio padre era carpentiere, quello della ragazza che stava con me era muratore, Volpe faceva l'imbianchino, il padre di Clay aveva lavorato in un'industria di vernici, Esposito era magazziniere facchino. Altri erano ambulanti, operai del turno di notte, autisti di piccoli camion, fattorini. Nel periodo in cui pagavo per allenarmi, ogni tanto mi affacciavo al botteghino della padrona per dirle che quel mese avrei tardato un po', perché mio padre non aveva ancora ricevuto il salario. Lei mi studiava con il suo sguardo immobile e annuiva. Portavo una blusa operaia scolorita, sotto una maglietta a maniche corte. D'inverno un giubbotto di lana a quadrettoni colorati, che sembrava ricavato da un plaid.

Mio padre riceveva la paga. Toglieva i soldi della palestra e me li dava, senza dire niente, come se non volesse sapere a cosa mi servivano. Credo che gli piacesse l'idea di un figlio pugile, dentro una cantina, a misurarsi con i bestioni. Mia madre piangeva ogni volta che mi vedeva tornare con la faccia pesta. Piangeva perché sentiva che il figlio avrebbe rifiutato il riscatto dalla vita dura che loro gli avevano offerto.

Dopo i primi mesi, Volpe mi ha detto che non dovevo più pagare. Mi avrebbero pagato loro, quando avessi iniziato con gli incontri. Entrai nel circolo degli atleti responsabili del buon nome della palestra, gli eletti che non pagavano, guardati con rispetto dagli uomini del quartiere che venivano solo a fare un po' di ginnastica.

Eravamo pochi, senza talento, una mandria dispersa alla prima frustata.

Eppure a me i pugili titolari della palestra sembravano tutti fortissimi. Anche Esposito. Uno che combatteva già da dilettante. Abitava in un quartiere vicino e vestiva in modo strano, molto elegante, come se fosse un uomo fatto. Aveva lasciato la scuola e frequentava irregolarmente un corso serale. Comprava dispense in edicola, cercava di distinguersi, nello spogliatoio, taciturno e un po' scontroso. Il suo silenzio si collocava alla polarità opposta di quello di Ivano, percorso tutto lo spettro dell'ambizione e della vanità che esclude la sconfitta. Ma era anche insicuro, e pigro. Capitava che Volpe dovesse chiamarlo a casa per chiedergli di venire, insistendo per convincere la madre a farlo andare al telefono.

Non aveva qualità particolari di pugile, solo una testarda capacità di assorbire i pugni. Spremeva il grugno contro i guantoni dell'avversario, il naso piegato in diagonale, gli occhi rossi, come un bue che lotta contro le legnate del padrone, un bravo bestione che aveva deciso di votare alla lotta la sua naturale disposizione alla sottomissione. Quando l'allenatore gridava: «Via! Via! Via!» non sapeva scivolare lontano dall'angolo o danzare fuori dai colpi dell'avversario, non sapeva colpire e volare, ma restava imbrigliato come un ciuco, gonfio di inutile forza, sordo ai colpi, tumefatto, orgoglioso di quella stupida capacità di resistere al massacro.

Come uomo non lo consideravo, probabilmente non avrei retto nemmeno il tempo di un caffè con uno come lui. Presto mi sarei vergognato della mia diffidenza e della mia nulla capacità di giudizio. Quando la sua natura introversa sarebbe improvvisamente esplosa in un gesto di generosità e di amore quasi incomprensibile per il suo nemico di stile finito in carcere, azzoppato, finito, come un pianista condannato al lavoro di fonderia.

Clay gli voleva bene. Quando doveva fare qualche ripresa con lui, cercava di non umiliarlo troppo. Ballava all'indietro, si piegava ondeggiando nelle quattro direzioni, rientrava e colpiva, sfilandosi subito contromano, per evitare il destro. Io vedevo una farfalla volare attorno al naso di un toro. Molti di noi si fermavano e andavano a guardarli avvicinandosi al bordo del ring. C'era sempre qualcosa da imparare, pochi riuscivano a resistere alla curiosità.

Pensavo alle mie estati di bambino, quando mi portavano in campagna e passavo ore a osservare le schermaglie di esseri sconosciuti, pachidermi, insetti, animali che custodivano la forza nei denti, nelle zampe, nella loro massa micidiale, nella velocità. Natura non avrebbe potuto crearli più diversi, da gelatina a ferro, eppure si conoscevano profondamente, da nemici...

Quando Clay veniva colpito, le sue cartilagini di essere aereo ne risentivano più duramente di quanto non accadesse a noi, eppure continuava a spostarsi leggero, come indenne. Usciva dalle corde senza perdere lo sguardo di uno che stesse per scoppiare a ridere. Pensavo alla farfalla toccata maldestramente, a una ragazza presa a schiaffi.

Tra lui ed Esposito c'erano almeno tre categorie di peso. Volpe voleva sempre incrociarci, per mescolare potenza e velocità.

Tra lui e il suo opposto c'eravamo tutti noi, un digradare di qualità e forme, di intelligenza, noi più giovani e più vecchi, qualche universitario, qualcuno appena tornato dal militare, i più con lavori da niente. Non possedevamo né la classe né la potenza, non avevamo numeri per vincere nemmeno in un campionato regionale dilettanti. Eppure eravamo tutti convinti che molto di più sarebbe avvenuto nella nostra storia di pugili.

Quando la farfalla danzava sul muso del toro, pochi sapevano resistere ad avvicinarsi al ring, perché poco a poco l'allenamento finiva e i due iniziavano a fare sul serio. Anche Volpe, che di solito incitava quelli che si affrontavano, taceva. Quel suo grido, uno dei più ripetuti in palestra e che per me era diventato quasi un ammonimento: «Via!

Via! Via!» non si sentiva più. L'esortazione della vita che sgorga salva dal disastro.

Una strategia di elusione della gravità e del declino.

Il suo incitamento ora non serviva, era incarnato dal balletto di Clay, dalle gambe veloci che sgusciavano dagli angoli e ruotavano e cambiavano di colpo direzione, come un fascio di luce nella notte, governato solo dall'aria libera.

«Via! Via! Via!» Via dall'aria cupa e dai giorni senza valore. Via dagli uomini mostruosi. Metti in salvo la tua natura preziosa, prima di essere strozzato da questa sostanza senza qualità. Via dalla contaminazione. La farfalla tocca il toro per educarlo. A rischio della vita. Una vita brevissima. Via, corri.

Era così bello, per me, vedere che quella legge aveva un luogo dove manifestarsi tanto naturalmente. Nel corpo di Ivano, nei suoi occhi. E ancora più bello, e misterioso, mi sembra oggi, sapendo che in pochi giorni sarebbe venuta per lui la sconfitta più dura. Come se a quelle gambe fosse stato messo un ceppo. Come se il toro avesse a un certo punto spalancato la bocca e la farfalla fosse rimasta così, ferma nell'aria, ancora libera dalla gravità ma senza fare nulla per sottrarsi alla fine.

Io ho sofferto duramente la sua assenza.

In quel posto di vanità e umiliazione riflesse negli specchi delle pareti, di chiacchiere nello spogliatoio e di volgarità sull'ultima ragazza conosciuta, mancava la sua vibrazione di insetto raro. Una sostanza dispersa in quell'aria infetta, senza luce, a dieci metri dall'aria vera. Avremmo continuato a impegnarci in un sacrificio che non sarebbe stato ripagato, tanto più duro per quello che ci aspettava fuori – ormai insopportabile, per alcuni di noi.

La sua eleganza si riverberava sui nostri movimenti senza distinzione. La tecnica faticosa, sequenze imparate a memoria, nessuna intuizione dell'avversario. L'improvvisazione ci era preclusa. Nella nostra squadra non esisteva talento, nessuno avrebbe fatto molta strada. Mi sentivo come uno che non sapesse scrivere due righe liberamente e, guardando lui, sentisse quanto fosse facile, e iniziasse a credere di poterlo fare.

Mi piaceva quando si interessava a me. Quattro frasi cambiandoci o mentre avvolgevamo le mani nelle fasce.

Abitavamo ancora vicino, lo conoscevo da quando ero bambino, ma fuori di lì non lo incontravo quasi mai da quando aveva iniziato a lavorare. Cinque anni di differenza erano troppi perché potessimo diventare amici.

Avevo desiderato di diventare un pugile dal momento in cui ero venuto a sapere che lui lo era.

Vivevamo negli stessi palazzi: una larga sequenza di torri a semicerchio come il dorso di una conchiglia, a qualche scala di distanza. Eravamo finiti lì dopo la demolizione della vecchia corte in cui ero nato, dopo che la proprietà aveva riconosciuto agli abitanti un alloggio nelle torri. Quelle donne e quegli uomini avevano condiviso la vita in un luogo dove spesso le serrature non venivano chiuse e le sere si animavano di voci nei ballatoi e nel cortile, e il mattino iniziava presto con movimenti e luci in sequenza, una ghirlanda percorsa dall'elettricità. Loro, a un certo punto, erano stati dispersi nelle torri e si erano allontanati, e i nemici erano diventati estranei e gli amici avevano iniziato a fermarsi solo di tanto in tanto a ricordare qualche dettaglio della loro vita passata.

Da bambino non sapevo riconoscere il rancore, l'invidia trasformata in gentilezza feroce. Sicuramente non ne ho visti tra quegli uomini che vivevano così vicini, portando la fatica e il lavoro nelle case quasi come un compito comune, di cui noi piccoli sentivamo la scansione dei tempi, un rumore di sottofondo che dava sicurezza alle nostre vite.

Ivano era uno dei grandi e usciva già con una ragazza. Passando per il cortile si univa per un momento a noi come un uomo si unisce a dei ragazzini.

Quando mi riconobbe tra quelli nuovi della palestra, venne subito ad accogliermi.

«Ciao, campione» mi disse sorridendo e guardandomi negli occhi per qualche istante, in silenzio, quel suo modo solito di confermarsi a qualcuno. Poi, si rivolse ad alta voce all'allenatore. «Ehi, Volpacchiotto, non gli fare troppo male, perché questo è uno dei miei fratellini.» Una frase che ancora oggi riesce a farmi bene.

Mi piaceva che per due ore facessimo la stessa vita. Anche nei giorni più duri riusciva a non cambiare tono. Quando per suo padre stava finendo, sentivo che la sua indifferenza, il suo buonumore nascondevano qualcosa. Non potevo immaginare che fosse il desiderio di finirla lui stesso. Un rifiuto di tutto. Dei ruoli, delle prospettive. Del meccanismo animale di separazione e di conservazione del mondo in gerarchie, in ambienti separati da un cristallo impercettibile, e inviolabile.

Suo padre morì. Non ne parlò mai, saltò un paio di allenamenti. Credo che solo Volpe sia andato al funerale. Ritornò in palestra comportandosi come sempre. Quasi che non fosse successo nulla. Anche la morte sembrava scomparsa in un territorio che ci era precluso, oltre lo scudo del suo fare ironico e del suo talento di pugile. Vedendolo volare giù dalla scala e filare negli spogliatoi, non ci pensavamo già più. Dopo poche settimane non avremmo nemmeno saputo dire quando fosse accaduto.

Lo schermo dei suoi movimenti di essere senza gravità, del suo mezzo sorriso, dava una risposta alle nostre domande inespresse. Le svuotava. Le staccava dalle mie spalle come un fardello mortale prima della corsa. Mi aiutava a rimanere nella superficie della vita, a non farmi problemi, a fottermene di chi stava peggio di me dedicandogli di tanto in tanto solo qualche astrazione. La destrezza faceva di lui un grand'uomo, ai miei occhi, quando forse era solo il più spaventoso degli egoisti.

Una pista tra gli alberi, una mattina qualunque d'inverno. Il sole come una macchia appena più chiara del gelo. Con pochi ho provato questo desiderio immediato di libertà. Con Veruska. Il desiderio mi faceva pensare a lei già al mattino quando mi svegliavo, senza che volessi liberarmene. Quel crollo della tensione quando la incontravo era la cosa nuova, il fulmine, la corsa che non avevo mai provato, e la parola che la diceva, così semplice, girava per i miei pensieri come una moneta fuori corso.

Tutto finì quando lo arrestarono.

Non ricordo chi fu a dirmelo. Andai in palestra solo un paio di giorni dopo, perché accadde di sabato.

Aveva preso a pugni uno per strada, uno qualunque che non sapeva nemmeno spiegare chi fosse. Una scena di "ferocia sconcertante" avevano scritto i giornali. Incomprensibile. L'uomo era arrivato all'ospedale già morto.

Per un istante pensai ai cuccioli d'animale che, dopo anni di buone maniere e di menzogna, improvvisamente seguono la legge del sangue.

Lo aveva picchiato come un folle. "A morte."

Ne discutevano solo i clienti. I ragazzi della palestra non dicevano niente, per non irritare Volpe. I giornali ne avevano parlato con un articoletto nelle pagine locali, pubblicando anche la foto del tesserino di pugile. Una rissa finita male. Solo il nome dei protagonisti, l'età, il nome della strada dove era accaduto, del quartiere. La loro professione. L'altro era un medico, una decina d'anni più di lui. Uno cascato male, nel posto sbagliato, all'ora peggiore. Dentro l'umore più devastato. Mi dicevo: oltre lo schermo, dentro l'anima. Stupidamente, ho comprato il giornale anche nei giorni successivi, per sapere qualcosa, ma non se ne è parlato più.

Ricordo bene la prima sera senza Ivano. Volpe sembrava dovesse allenarsi lui stesso, stava un po' al sacco, un po' alla corda. Non fosse accaduto nulla, avrei pensato che volesse darci l'esempio. Poi, fece qualche ripresa come sparring, con il caschetto, girando leggero e pizzicando l'avversario con pugni senza forza. Tutto per non parlare. Concentrato in un giochetto di intelligenza che gli altri avevano risolto senza difficoltà e la cui soluzione a lui sfuggiva all'ultimo secondo.

Credo di aver messo veramente a fuoco la camminata leggera del nostro campione solo in quel momento. La sua discesa veloce, il modo che aveva di farmi coraggio, strizzando leggermente l'occhio, se toccava a me. Solo quando fu finita.

Non lo avrei più rivisto lì sotto. Quel gran caos che era la vita della palestra nelle ore di allenamento continuò come prima, ma i colori diventarono più cupi e l'aria dura, solo di sudore e di cuoio, dell'onda assordante di urla e colpi come frustate, il sibilo delle corde, le raffiche sui legni. Uno sforzo inutile, una penosa dispersione di energia che avrebbe portato inesorabilmente alla sconfitta.

Si ridefinirono le gerarchie, Volpe cercò benevolmente di illudere i più capaci. Esposito non trovò più nessuno capace di umiliare la sua foga di picchiatore disperato. Io avevo ormai deciso di lasciarli. Saltai gli allenamenti per più di una settimana. Il tempo di capire che quell'esperienza era finita anche per me. Poi, sono ritornato e ho iniziato a faticare come prima, per amore della disciplina, forse per il piacere del corpo rotto, a fine serata, dell'aria libera di fuori, del latte, del passo leggero da danzatore che mi veniva il giorno successivo agli allenamenti, quando passeggiavo con i miei compagni, come se fossi in incognito, con due ali di carne nascoste sotto la giacchetta.

Volpe non mi diceva niente. Mi fece sostenere l'esame e prendere il patentino di pugile novizio, anche se sapeva di non poter contare più su di me.

La vita dei nostri fuoriclasse continuò come prima, un po' sprezzante, sempre poco interessata al destino degli altri. Di Clay non si parlava quasi più, o solo per tacerne subito. Ancora non si sapeva cosa sarebbe stato di lui. Era uno spazio scavato e incolmabile nei miei pensieri, un rigo di trasparenza in cui risiedevano alcune delle qualità di cui volevo fosse fatto il mio futuro.

Una sera, un paio di settimane dopo, mentre stavo uscendo, Volpe mi ha chiamato nella stanzina del peso. «Quella» ha detto «è la sua roba. Riportagliela.»

Non mi sono mosso. Pensavo a quanto tempo aveva insensatamente fatto passare per la restituzione. Che fosse troppo. O che fosse presto. Pensavo che non sarebbe successo niente se la roba di Clay fosse rimasta da noi, cosa poteva farsene sua madre? Forse voleva separarsi per sempre dal suo discepolo, forse gli costava troppo tenerla ancora davanti agli occhi. E forse era idiota sprecare tanta energia a cercare le ragioni di quello che doveva essere il più suonato di tutti, tra noi, per avere ancora voglia alla sua età, dopo tanti anni, di tornare ogni sera nella nostra topaia. Perché non ci andava lui?

Su una panca c'era una sacca rossa con quello che Ivano aveva lasciato nell'armadietto.

«Fai attenzione» ha detto, senza guardarmi, con l'asciugamano in spalla, pronto per la doccia. Cercavo di non vedere i penosi peli bianchi del suo inguine. «Fai attenzione, che nella tasca c'è una busta con i soldi degli ultimi incontri.»

Sapevo che Ivano negli ultimi mesi non aveva più voluto combattere. Non ho detto niente. Mi sono messo la sacca in spalla e sono andato alla fermata dell'autobus. Ho comprato il latte e mi sono seduto ad aspettare. Non passava nessuno. Era come se tra me e Clay, in quel momento, si fosse generata una corrente di comunicazione. Era rinchiuso poco lontano, dentro quel carcere che a me sembrava un fortilizio medievale, misterioso, incredibilmente ignorato tra le strade strombazzanti che lo circondavano. Una tomba di superficie i cui spurghi giravano largo dai silenzi metafisici dei praticelli e degli acciottolati della Cattolica. Ho allentato i lacci superiori della sacca e, al riverbero di un lampione, ho intravisto i guanti da allenamento, la corda di cuoio dai manici rossi, le scarpette, il raso nero dei pantaloncini da combattimento. Ho sentito il nostro marchio di cuoio sudato e roba non lavata, un alito marcio moltiplicato in quella borsa abbandonata che mi ha urtato lo stomaco.

Ha aperto lei. Non ero più riuscito a incontrarla, da quando lo avevano arrestato. Ho provato subito quel bruciore nuovo, una strana sensazione di completezza. L'emozione di averla davanti dopo tanti pensieri era così forte da provocarmi un inizio di erezione. "Sei tu" avrei voluto sussurrare baciandola subito, fregandomene di tutto il resto.

Mi ha fatto entrare nel salottino laterale all'ingresso. La madre non è uscita dalla cucina. Nella casa c'era silenzio. Sentii che era infastidita dalla mia visita.

«Queste sono le sue cose» ho detto, porgendole la sacca, per farle capire che non era colpa mia se ero venuto a disturbarla. «Ci sono anche dei soldi.»

Mi ha sorriso. Avevo voglia di starmene ancora un po' nella casa silenziosa. Vicino a lei. Lasciare il cuore dentro quella strana esaltazione.

Le ho chiesto: «Lo hai visto?».

«Sì. Una volta mi hanno lasciato entrare.»

Ho aspettato.

Ha fatto passare un lungo momento, mentre i pensieri bruciavano le convenienze. Un salto logico che accendeva la mia emozione.

«Dicono che lo ha picchiato fino a quando è caduto. Poi, lo ha rialzato e ha continuato a picchiarlo» ha detto senza guardarmi.

Parlava lentamente, la voce dolce, triste, gli occhi di lepre insondabile. Aveva avuto tempo per capire.

«E adesso?» ho chiesto.

«Stanno indagando» mi ha spiegato. «Il loro avvocato vuole la premeditazione. Dice che prima che smettesse di colpirlo qualcuno lo ha sentito ripetere: "Mi conosci?" oppure: "Ci conosci?" o "riconosci", qualcosa del genere.»

«Non ci credo» ho esclamato.

Non mi ha risposto. Come se non fosse importante quello che sarebbe accaduto.

Ho aspettato ancora un po', poi mi sono alzato.

«Voglio vederti» le ho detto.

Ho fatto un passo e l'ho abbracciata, affondando nei suoi capelli che avevano un odore di muschio, di bestiole, di tane sfiorate dal sole. Ho infilato la mano sotto il suo maglione e sentito che era nuda. La sua abitudine balorda di mettersi i maglioni a pelle. Una carne morbida, non elastica, delicata quasi da potersi tagliare premendo troppo. Mi lasciava fare. Sono salito al seno e le ho stretto adagio i capezzoli. Creste dell'areola, le punte subito dure. Due cuccioli di coniglio che traboccavano con il loro pelo dalle mie mani, molli, indifesi, come una volta da piccolo nell'orto di mia zia. Prima che mi abbassassi a baciarla, mi ha allontanato.

Nella casa non si sentivano rumori. Le luci nelle altre stanze erano spente. Immaginavo sua madre con gli occhi aperti nel buio.

Ha aperto la sacca, così, tanto per fare qualcosa e non rispondermi.

Mi ha guardato e ha detto: «Anch'io».

Prima che uscissi dalla stanza mi ha chiesto: «Vuoi qualcosa?».

Ho guardato la sacca.

Ho sussurrato: «La corda».

Lei l'ha presa e me l'ha data.

Non sapevo cosa fare.

A bassa voce, ho detto: «Tu sei la strana sorella di un fratello meraviglioso».

Sono uscito senza voltarmi e ho sceso veloce le scale, sopraffatto dalle impressioni di quello che era accaduto, da immagini che non sapevo organizzare, trasportato quasi dalla corda dai manici rossi, con il cuoio avvolto in spire sottili che conservavano ancora la tensione impressa dalla sua stretta.

«Ho bisogno di stare un po' da solo.»

Fermi nella penombra. Ho appena richiuso la porta a vetro. Dietro si muovono le luci della piazza, il traffico lento dell'incrocio. Testa contro testa come animali fermi nella tensione della lotta. Nel lato più esterno della vetrata si disegna il flusso regolare di un viale, una linea di boccioli che filano sulle rapide per pochi istanti prima di affondare. Ma i rumori sono filtrati e lontani. Si sente il nostro respiro. Ogni tanto si distingue la figura di qualcuno che passa sul marciapiede, vicinissimo, senza vederci.

Mi guarda negli occhi. La vedo riflessa negli specchi dietro e di fianco, proiettata nella fila davanti alle poltroncine del corridoio. Sostenere la domanda del suo sguardo è duro. Ruota come una figurina su un piedistallo, con variazioni minime dell'angolo di visione, tornando in ultimo a un sacrificio frontale.

Penso: non tornerò mai più qua dentro. Un pensiero involontario dice: ne sarò libero.

Una bambolina esplosa nella prospettiva degli specchi, sopraffatta da un processo che non può comprendere.

Un'immagine incontrollata l'associa alle bambole delle discariche, che sembrano ostinarsi a vivere dopo che il tempo si è consumato, e esaurito l'affetto che qualcuno provava per loro. Un po' bruciacchiate, gli occhi intatti, segnate dalla schiuma ripugnante che il fuoco sprigiona dalla plastica.

Mi accorgo che sta piangendo. Il volto impassibile. Non sposto lo sguardo dai suoi occhi, rimanendo anch'io immobile. Mi sembra di affondare nelle sue lacrime, già sento che non saprò più perdonarmele. La mia figura di gorilla in buona salute è riflessa negli specchi, il giubbotto gonfio, la sciarpa, i capelli lunghi sulle spalle. Posso pensare a una scena senza pietà, la vita arresa all'esecuzione. Qualcuno si incammina, qualcuno resta fermo per sempre.

«Anche tu» dice la ragazza dopo quel grande silenzio, a voce bassissima. «Anche tu, come tutti.»

Sento il ronfo pesante del traffico, lo scampanellare del tram che plana alla fermata. Lo schiocco delle traversine e degli scambi, alla curva.

«Io» le sento dire ancora, una voce che suona lontana, da un regno di metallo. «Io... ti amo. Io ti amo. Capisci cosa ti sto dicendo?»

Nessuna me l'ha mai detto prima di lei.

Parole implose nella gola, un passo profondo nella solitudine. Come si potrebbe dire addio.

Non so più muovermi né parlare. Sento di essere

io in questo momento il simulacro della morte, l'atto finale di risveglio quando ognuno si trova per sempre sulla sua strada solitaria.

Mi prende per mano e mi conduce un po' in dentro, nel corridoio. Mi spoglia. Inizia lentamente a togliermi quello che ho addosso, con attenzione innaturale, come si fa con un essere senza arbitrio, fino a quando non resto nudo. Ho freddo, non riesco a oppormi, il marmo del pavimento mi sta tagliando i piedi. Si spoglia anche lei e resiste al gelo soffocando i brividi, non smette di piangere. Mi si stringe addosso, con le mani inizia a sfiorarmi il petto, seguendo con le dita il disegno dei muscoli. Mi sfiora il ventre, scende, toccandomi appena con il palmo della mano, fino ai testicoli. Il solletico delle sue dita nell'interno delle cosce mi fa rabbrividire, provocandomi un'erezione velocissima, quasi dolorosa e impersonale, da risveglio mattutino. Poi, mi prende con dolcezza il viso tra le mani e, mettendosi in punta di piedi, mi bacia profondamente. Un bacio che non finisce, per me tristissimo. Un bacio disperato che non ho più saputo dimenticare, la bocca calda, il sapore amaro delle lacrime, il volto stravolto, mai conosciuto, del desiderio.

Appoggia la testa al mio petto legandosi a me come una figlia a un padre.

Prima che il sangue iniziasse a uscire dalle nostre mani, siamo rimasti chissà quanto su quella lastra di specchi e di ombre, con le luci smorzate della piazza rimbalzate ovunque, un presepe della fine.

Ho conosciuto la fine, per la prima volta, quella sera.

«Vieni» mi ha detto. «Mettiti qui.»

Si è seduta su di me.

«Ora che tutto è finito» ha sussurrato, come se io già non fossi più con lei, «vuoi tenermi con te?»

Aspettavo, senza pensare a difendermi da qualche gesto matto. Sentivo la pelle bruciare per il freddo e l'immobilità.

Ha aperto un cassettino, preso una scatoletta. Ha tolto l'involucro di carta sottile e frusciante, stringendo delicatamente una lametta tra due dita. Come tante volte avevo visto fare al mio parrucchiere, per la barba.

«È il matrimonio degli zingari» ha sussurrato. «Per le nostre anime immortali.»

Guardavo i suoi movimenti dolci. La ragazza che forse tanti avevano avuto e lasciato, per la sua bellezza. Uomini che l'hanno posseduta con impazienza, in un ufficio deserto, la gonna slacciata in fretta e furia, le mutandine quasi strappate: la composizione mattutina di collant e lacci e colori e disegni là sotto, nella biancheria scelta con cura – un'offerta che nessuno ha ancora visto – disfatta con una manata da ubriaco. Piegata sulla scrivania. «Piano, mi fai male... così mi fai male.» Senza nemmeno slacciarsi la cintura, l'uccello che sbuca dalla cerniera dei pantaloni, i pensieri alla moglie che prepara la cena, chiamata poco prima perché non le venga l'idea di telefonare lei, proprio in quel momento. «Arrivo alla solita ora, tutto sotto controllo. Come va? Come stai?» Va benissimo. Bastano pochi scrolloni, il tempo di guardarle un po' il culo spalancato sotto quella luce di neon. In ufficio. Cazzi succhiati malamente, accosciata contro uno schedario. Alla pausa pranzo. O in una casa vicina, quando andava bene in motel. «Dài, prendi lo spazzolino, il dentifricio e quella cosa lì, la salviettina e il preservativo. In fondo, li abbiamo pagati.» Roba a buon prezzo, la sua carne. Come un gioco. Senza amore né sacrificio.

"Sono io il primo?" avrei voluto chiederle.

Mi ha preso il polso e l'ha girato. Ha fatto un piccolo taglio al centro, poi ha toccato il sangue con le labbra.

«Tu sei l'unico» ha detto, come se mi avesse sentito.

Poi, si taglia. Il segno di una matita microscopica, ben dritto, con l'inchiostro che si spande solo dopo il suo passaggio, dilatato dal calore della carne. Mette il polso contro il mio, sangue dentro sangue, legandosi a me con un fazzoletto. Abbassa lo sguardo, fissando il bianco, le nostre dita addormentate. Dopo un lungo momento, premendo le ginocchia sul sedile, si solleva appoggiandosi a me, forzandosi con piccoli movimenti testardi perché entri in lei. La mia pelle sfrega duramente contro la sua asciutta, spilli che non la fermano. Sento che non prova nessun piacere, lei che solo sfiorata si bagnava. Scende premendo fino a ritrovarsi seduta su di me, come prima, e si appoggia ancora al mio petto, senza più muoversi.

Mentre il nostro sangue si mescola e non ho il coraggio di interrompere questo rito penoso, osservo i flaconi di profumo, i cesti con le forbici e i pettini, la serie delle spazzole uguale su ogni postazione. Le ragazze lavano a turno per terra. Su un mobile al centro sono disposte le riviste. Vivono le loro giornate in questi pochi metri. La scansione della vita, da mattina a sera, data solo dalle ombre sulla vetrata dell'ingresso. La segregazione del lavoro non genera scandalo. Piccola, penso, il dio del mondo, se potesse, vi lascerebbe tutte libere come colombe.

Con quelle spazzole le piace pettinarmi. Una volta ha voluto lavarmi i capelli, al buio. Mi ha curato come una signora. Sento quanto sia superiore alla mia, la sua volontà. Io che ho lavorato solo in modo irregolare. Una malattia subito passata, un escremento per procurarmi soldi di sopravvivenza.

Dentro gli oggetti in ordine, dentro l'acciaio e le ceramiche lustre va a morire tutto il suo tempo. Senza soldi, senza sapere cosa farò di me, mi sento come un nobilastro che freme solo per riguadagnare appena possibile il suo vantaggio.

Il traffico del ritorno ormai è finito. L'ombra azzurra della sua carne, il respiro pacificato.

«Ora andiamo» le dico, toccandole i capelli.

Ci rivestiamo e usciamo nella piazza.

L'accompagno alla fermata dell'autobus ma non salgo con lei. Prima di staccarsi da me, mi dà un bacio leggero. Nel silenzio percepisco tutta la sua forza. Aspetto che l'autobus giri oltre i palazzi, prima di andarmene. Questa volta senza che le mie dita siano intrise di lei, quell'odore che riconoscevo subdolamente anche dopo giorni, il segno di un'opulenza segreta che agli sbandati che frequento ho lasciato solo intuire.

Mi sento più leggero, ma un po' rimpiango di aver rinunciato a emozioni che non mi sarà facile ritrovare e che, con più furbizia, sarei riuscito ad assicurarmi ancora per molto tempo.

So già che non avrò più voglia di rivederla.

Decisi di raddoppiare le ore di studio, per distaccarmi un po' da quello che mi stava capitando e non riuscivo a capire o controllare: dalla tensione per Vera, da Clay, da una sensazione nuova di rifiuto per l'impegno degli allenamenti.

Mi piaceva andare, di mattina, alla biblioteca della facoltà di Lettere. I miei compagni si sarebbero dispersi nei bar o a zonzo per la città, ormai non dicevano più niente per convincermi a stare con loro. Iniziai a sparire per giorni, andando a scuola solo per le interrogazioni.

In quelle mattine ho conosciuto per la prima volta l'esaltazione dello studio. Mi confondevo tra gli universitari, forse potevo già sembrare uno di loro. Avevo con me un libro di Kant e un volume di storia della filosofia, così grosso che avevo dovuto usare la borsa degli allenamenti, per rubarlo.

Parlo di giornate fresche, del rumore dei passi

sotto il chiostro, del fischio irregolare di usignoli tra gli alberi del giardinetto, l'aria libera e quel via vai di ragazzi con i libri, e poi la solitudine e la sparizione nella folla silenziosa e concentrata che riempiva la biblioteca.

Sottolineavo, prendevo appunti, sostenevo una sfida personalissima con la durezza delle frasi. Quando alla fine sentivo di avere compreso a fondo quello che stavo leggendo, era come se un'entità invisibile, dietro le parole, mi avesse fatto il dono di un riconoscimento. Come se comprendere fosse soprattutto questa rottura di confini, questo essere accolti. L'impersonale che di colpo si frantuma in un passo sicuro sulla corrente.

Disprezzavo quelli che entravano e uscivano dalla sala, facendo pause come in ufficio. Andavano a fumare, giocavano tra loro, dietro ai vetri, come bambini. Le mani curate, i progetti per il fine settimana, nessun rischio a star lì, l'incapacità di resistere alla pressione dell'esercizio. Aspettavano solo l'ora di andarsene.

Ricordo le grandi vetrate aperte, il brusio che veniva da fuori. Spesso rimanevo fino a sera, alzandomi solo poche volte per bere qualcosa, mentre il gruppo del pomeriggio a poco a poco sostituiva i primi arrivati.

Educavo i muscoli a un nuovo esercizio distruttivo di ascesi. Li piegavo all'immobilità della sfida, scandita da sequenze senza requie del cervello, niente vincoli di tempo, niente regole. In quelli che restavano fino a sera, come me, riconoscevo gli esaltati, i solitari.

Arrivata sera, avevo letto magari solo poche, terribili pagine, e la sentivo come una messe ricchissima.

Quando hanno arrestato Clay, è stato il momento più difficile. Non riuscivo più a concentrarmi. Ricordo il filosofo che parlava della forza contrastante dell'amore, di margheritine inserite tra le pagine dei libri degli studiosi, pericolose come un narcotico. Tra le mie pagine c'era lui, il passo delle sue giornate in carcere, in quella stessa ora, in quel minuto in cui io ero salvo. Non potevo rassegnarmi alla fine delle sue imprese di grande improvvisatore.

«Ha fatto una cosa stupida» diceva Vera.

Io pensavo ancora solo a una rissa, l'arte profanata in mezzo alla strada. Un tizio con un cugino che ci lavorava, mi ha raccontato di una saletta sotterranea del carcere dove i nuovi arrivati vengono portati perché capiscano chi comanda. Una doma di cavalli. Almeno una volta, tanto per far aprire gli occhi e far vedere da che parte gira il mondo.

Tra le pagine scorreva la camminata nel cielo basso dei corridoi, l'odore perenne di aria senza ricambio (un pugile senza più ossigeno, le gambe falciate), il suono del traffico dalla bocca di lupo, il cortiletto dell'aria come un duomo scoperchiato.

Una volta ero con un gruppo che protestava vicino a una cinta esterna, lontana dal corpo centrale della costruzione. Si vedeva in lontananza il gomito delle finestrelle. Molti urlavano il nome di quelli che erano stati da poco arrestati. Di fianco scorreva il traffico, nessuno si curava di noi. Le bandiere erano buttate in terra, lo striscione ripiegato. Saremo stati un centinaio. Mi aspettavo che da un momento all'altro arrivassero a massacrarci. Poi, qualcuno ha iniziato a urlare più forte, tra noi c'erano i fratelli, le compagne di quelli dentro. Alcuni saltavano. Allora mi sono voltato e ho visto che dalle bocche di lupo uscivano stracci bianchi, magliette avvolte su bastoni, uno qui, uno là. Li muovevano per salutarci. Poi è spuntato qualcosa di rosso, una pezza disperata strappata da chissà cosa, e tutti allora hanno iniziato a urlare e a me sono quasi venute le lacrime agli occhi, come se mi avessero schiaffato per un istante tra loro e subito levato via. Un urto del traffico vorticoso e delle mura gigantesche.

Sentii che il nostro destino di insetti grandiosi poteva improvvisamente spegnersi in un qualunque sottosuolo.

I giorni passavano ma la novità era ancora troppo forte perché potessi abituarmici. Pensavo alle dinamiche, seguivo le sequenze di quello che era prima e di quello che sarebbe stato. La vita di Clay era cambiata, e così anche la mia. Un uomo era morto. Non avrei saputo ripetere quello che ho sentito da Vera. "Forse lo ha fatto per finirla lui stesso."

«È andato a cercarlo e lo ha ucciso. Non vuole nemmeno più parlarne.»

Non riuscivo a capirci niente. Pensavo al rimorso come a una lotta che ti impegna per sempre, un cane che ti assale occupando in modo decisivo il tuo spazio d'azione. Avevo sognato molte volte di uccidere un uomo, con la sensazione di entrare in un posto dal quale non sarei più uscito.

Non potevo ancora spiegarmi la durezza di Vera, il suo silenzio. Se non allontanavo subito quelle immagini, certi giorni non riuscivo più a studiare. Le parole si sganciavano le une dalle altre come segmenti allontanati da una corrente dolce, iniziando a seguire un movimento solitario. Ivano nella bolgia, la ragazza così concentrata e strana al mio fianco, gli stracci fuori dalle finestrelle, la sua pelle nuda sotto il tessuto sintetico. Come spiriti che si strappano da un'isola che affonda.

Allora uscivo e iniziavo una delle mie lente traversate della città. Cercavo un parco dove riprovare a leggere. Mi spostavo per ore senza una meta precisa. Ma anche camminare non mi aiutava, mi esponevo alla colpa di avere la libertà che agli altri era tolta dal lavoro. Certe volte uscivo di casa con il sacco per gli allenamenti, lo lasciavo nel guardaroba dell'università e passavo la sera a riprenderlo. Io non avevo la stoffa del pugile: un giorno così, senza riposare e a zonzo, mangiando un panino quando avevo soldi, mi spezzava le gambe. In palestra faticavo come un somaro schiantato dal carico, soffrivo per ogni minuto che mancava alla fine.

Non avevo voglia di nessuno. Vera era lontana. Pensavo sempre a lei ma non avevo desiderio di vederla. Ogni incontro provocava gioia ma anche un riverbero di delusione. Come se lei non volesse legarsi troppo a me.

Una sera, tornato dagli allenamenti, mia madre

disse che aveva chiamato. Era più tardi del solito perché ero ritornato a piedi dalla palestra. Mi piaceva contare le ore che trascorrevo senza rientrare a casa. Quel giorno erano state sedici.

Lasciai la borsa e tornai fuori. L'aria fresca bagnava il mio respiro veloce. Non c'erano cabine telefoniche vicino a casa. Attraversai il quartiere fino a un grande viale e, oltre quello, fino a un distributore e alla cabina di un giardinetto oltre la piazzola. Era molto tardi. Iniziai il numero tre volte prima di finirlo.

Il telefono squillò a lungo, avevo paura che rispondesse la madre. Guardavo attorno, nel buio. Sepolto in un'area deserta, dentro l'unica luce, sporca, sfiancata dalla notte. Ogni squillo era un colpo sferrato con precisione. Spostava di un passo il desiderio.

«Sei tu?»

Era la prima volta che sentivo la mia vita così profondamente legata a quella di un altro. La perfezione della piazzola del distributore, la cabina incastrata in una siepe che nessuno curava, le finestre cieche dei palazzi, le serate stanche che indovinavo là dietro, l'esistenza senza variazioni né molti ricordi – niente mi esaltava come girare libero di notte tra le torri spente, una piana sepolta da un raccolto abbandonato.

Era trascorsa almeno una settimana da quando le avevo riportato la borsa del fratello.

Ascoltavo il suo respiro regolare, senza dire niente, come se l'avessi vicino. Un silenzio vertiginoso. Il fatto che lei acconsentisse al mio silenzio, mi riempì di gioia.

Dopo un po' ho detto: «Pensavo di non sentirti più».

«Ci sono state tante cose.»

«Per lui?»

«Anche per lui.»

«Dimmi...»

«Niente... Tutto sta andando come doveva.»

«Vuoi dire che potrà uscire?»

«Uscire?»

«Sì.»

«Lo sai che non uscirà più. Ci stiamo abituando a questo.»

«Lo hai incontrato?»

«Sì.»

«Come sta?»

«È più magro. Sta bene. Ha sempre quel sorriso un po' coglione che non ti dice niente, come se non fosse successo nulla, quasi fosse venuto lui a trovarti. Dondola un po' la testa, ascolta, sembra un padre scemo che si concentra per risolvere tutto. Che ti giudica male, sempre troppo piccola per lui... Non sono la persona giusta per capire come sta.»

«Sono contento che sia così.»

«Vuole che crediamo che va tutto bene.»

«Ha fatto la cosa più stupida. Ha buttato via tutto.»

È rimasta un po' zitta. Sapeva quanto volessi bene a suo fratello. Poi ha detto: «Non è stata una cosa stupida».

Non ho capito subito. Al self-service del distributore si erano fermate due auto. Ne erano scesi alcuni ragazzi che parlavano a voce alta, uno si era messo a dare colpi alla macchinetta, che gli risputava la banconota. I loro movimenti mi avevano distratto.

«Scusa, cosa hai detto?»

«Che non è stata una cosa stupida.»

«Vuoi dire che l'ha fatto apposta?»

«Sì.»

«Che si è difeso fino a ucciderlo?»

«No, non si è difeso. Lo ha ucciso e basta.»

Sono rimasto un po' in silenzio, con lo sguardo fisso sulle colonnine. I ragazzi se ne stavano andando.

«Allora non uscirà più» ho sussurrato.

La prima cosa cui ho pensato, realizzando che lo aveva ucciso intenzionalmente. Quella per noi più importante.

Poi, ho fatto un passo indietro, per ripetere ad alta voce la verità, che non voleva ancora fissarsi nella mia testa.

«È andato a cercarlo e lo ha ucciso, vuoi dire questo?»

«Sì.»

Se aveva un motivo, diceva una voce dentro di me, era di certo un buon motivo. Lo avrei condiviso, senza troppi problemi. Per assurdo la novità mi restituiva un po' della gloria del mio campione, dava un po' di luce alla sua fine.

L'attesa di Vera mi confondeva, il suo respiro così vicino.

A un certo punto ha detto: «Ti voglio bene, sai? Tu sei una delle poche persone cui voglio bene».

Non ho risposto. Osservavo la disposizione delle torri, la sostanza chiara della notte alla loro sommità. Guardavo verso il punto da cui stava parlando.

Poi, ha detto: «È stato come un sacrificio. Io so che i sacrifici non servono a niente. Ma lui no, ha quella testa strana. Un po' da idiota. Va avanti da solo, senza chiedere. Un sacrificio astratto, che non porterà pace a nessuno».

«A me è sempre piaciuta quella testa.»

«Anche a me. Ma adesso vallo a spiegare ai giudici.»

Le nostre voci sono state coperte per un lungo momento dallo sconquasso di un motorino senza marmitta.

Quando è ritornato il silenzio, ha chiesto: «Dove sei?».

«Al distributore.»

«Io non sono uscita, stasera.»

«Mia madre avrà pensato che sono matto. Sono tornato fuori appena ho saputo che avevi chiamato.»

«Dimmi quello che vedi.»

«Vedo le colonnine, che sono l'unico fuoco, le panchine affacciate sul vialone, dove nessuno può sedersi. Vedo lo spazio deserto sotto il tallone delle torri, le gradinate, i portici dove corrono i bambini e dove oggi è passata una ragazzina araba con il velo e i pattini da corsa...»

«E poi, cosa vedi?»

«Vedo le torri. Guardo verso casa tua ma non la vedo. Però ti sento oltre ai muri. Penso alla camera buia, al tuo angolo, alla coperta con il disegno di cerchi nell'acqua, alla finestra spalancata... tu sei sdraiata sul letto, con il telefono.»

«E come sono?»

«Hai i capelli un po' spettinati, dondolano giù dalle spalle e da una parte un po' ti nascondono. Arrivano lì, dove mi hai lasciato arrivare.»

«E poi?»

«Hai un pigiama di lana. Da maschio. Azzurro. Il suo pigiama.»

«Sbagliato. Qui caschi.»

«E come sei?»

«Sono nuda.»

«Nuda?»

«Sì. Mi sono spogliata quando ho sentito il telefono.»

«Per me?»

«Credo di sì. E cosa senti adesso?»

«Sento che vorrei essere lì... e che anche io ti voglio bene. Ma non sono sicuro che si dica in questo modo.»

«Vuoi venire con me domenica?»

«Sì.»

«Alla cieca?»

«Sì.»

«Mi piacerebbe andare lontano.»

«Dove?»

«Al mare, forse. Per l'ultimo giorno.»

«Perché, l'ultimo giorno?»

«Lunedì, inizio a lavorare.»

La realtà mi tornò davanti con uno schiocco di dita, come una punizione che non sapevamo prefigurarci e di colpo si presenta in tutti i suoi dettagli. Provai freddo, un calo feroce dell'umore. Giorni uno a uno, dentro un tunnel, in penombra. Provai a immaginarmi possibilità di fuga. Era come se la sua vita fosse entrata dentro la mia, come se anch'io dovessi compiere, con lei, un passo profondo verso qualcosa che avrebbe cambiato i miei ritmi e, forse, anche il mio carattere. Pensavo ancora al lavoro – quel lavoro senza orizzonti – come a un furto cui non ci si potesse opporre. Una rapina sociale cui si erano piegati i miei genitori e che per me era ancora indistinta, lontana. Da quel momento era come se toccasse anche a me.

«E la scuola?» le chiesi, tanto per prendere tempo.

«La scuola non è mai stata importante.»

«Ti mancava solo un anno.»

«Forse continuerò alla sera, o l'anno prossimo, con un corso di recupero. Non so, adesso non ci penso.»

«Sono cose che si dicono.»

«Abbiamo bisogno di soldi.»

«Non è solo questo.»

«No. Ma parlare di soldi rende tutto più semplice.»

«Ora è meglio che vada. È molto tardi» dissi, dopo un momento di incertezza. Non volevo cedere e dire cose di cui forse mi sarei pentito. Non con lei.

«Non vuoi sapere dove andrò?»

«No.»

«In uno studio di notai. Una traversa di via Torino. L'ho visto oggi.»

Le immagini scorrevano, la strada mossa dal traffico, la folla che passa e si divide e si snocciola nelle stradine laterali.

«Allora, domenica partiamo per il mare» riprese, come se avesse capito che quello era il momento di aiutarmi.

«Sì. Partiamo presto. Avremo tutto il giorno.»

«Però non parleremo del lavoro. Non parleremo di nulla che me lo ricordi. Va bene?»

«Come l'hai trovato?»

«Mia madre. Ha chiesto in giro. È arrivata a uno che aveva fatto lavori nel loro ufficio.»

«Da te alle otto, domenica. Porto tutto io.»

Non ero uno da gite, né da passeggiate sul bagnasciuga. Come non lo era lei. La lontananza dalla città mi sfiancava. La natura non mi interessava, non la capivo, la sentivo come un regno falso, astratto – il silenzio, l'idea che potesse esserci salvezza, da qualche parte, ma non lì da noi.

Riappesi e rimasi un po' appoggiato al vetro, guardando nel buio. Pensai alle cose che mi aveva detto, a quel frutto strano e sgradevole che avevo colto seguendo l'istinto di uscire e parlarle subito. Pensando al giorno che mi aspettava, un giorno intero con lei, non riuscivo a trovare la voglia di scuotermi e tornare a casa.

Jacopucci, il Clay dei poveri. Diceva così: «Io porto un po' di elettricità in questo ambiente». Aveva vinto anche quando aveva perso. Discuteva, concionava a fine incontro. Sotto il ring, negli spogliatoi. Con i giornalisti, con i tifosi, con gli uomini della squadra avversaria, la battuta pronta, spavalda. Lo immaginavo come un tribuno nella piazzetta di Tarquinia, davanti a un bar, dentro un capannello di gente che esalta e impreca, qualcosa d'oro addosso, la testa rossiccia che spunta un po' più alta delle altre, la camicia slacciata. Allampanato, il ragazzo dei furtarelli e delle risse, la struttura fisica da pugile tecnico, dentro una cantina a rimbalzare contro i pugni delle bestie quadre di carne, i massacratori, quelli che subito vogliono spaventarti venendoti sotto con un balzo e sparando alla cieca. Un tecnico deve essere veloce il doppio, ha pochi muscoli e non dà spettacolo di guerra.

Quando ci prova, può lasciarci l'anima. Il coraggio quella sera si è versato su un letto di sabbia. Per quelli che gliel'hanno sempre negato. Sapevo che di lì a pochi anni sarei stato uno dei pochi a ricordarmi di lui. Con il coraggio non si vince.

Quella sera, il venerdì prima della nostra gita, ero rimasto a lungo indeciso se andare all'allenamento. Nella sacca per la prima volta avevo messo la corda del mio campione. Per convincermi. Pensavo che le disgrazie finiscono nell'antro più buio, sepolte come un mostro sorprendente e non ancora generato dal mondo che lo tiene in grembo.

Sulle pareti alte della nostra caverna avrei messo le fotografie dei vinti, di quelli morti perché non avevano voluto fermarsi, quelli che l'arbitro non aveva salvato. I testardi, crepati subito senza risveglio o in agonia negli spogliatoi. Quelli che all'angolo, con occhi spaccati e sangue dentro il respiro, hanno implorato di non gettare la spugna, hanno minacciato di morte perché nessuno lo facesse, e morire loro.

Anche la foto del nostro campione, avrei voluto, che stava morendo suicida in prigione. Un pittore accecato, arte rovinata dalla polvere, le mani bianche di un pianista geniale, con le dita rotte una a una.

Anche Esposito era uno che parlava troppo. Durante gli incontri si metteva a discutere con l'arbitro, per ogni colpo scorretto. Gesticolando, seguendolo mentre quello cercava di allontanarsi per riportare ordine. Farfugliava con il paradenti in bocca, non si capiva niente. All'angolo si vergognavano di lui. Quella sera fece il suo combattimento più grande, tra noi, e solo io forse me ne sono reso conto.

Mi cambiai lentamente. Gli altri erano già tutti fuori. Intanto guardavo i manici rossi della corda di Ivano, non avrei avuto il coraggio di usarla, me ne sarei vergognato, l'avrebbero riconosciuta tutti. Di solito provavo anch'io la stupida gloria degli ematomi sul volto, quando capitava che mi pestassero per bene; avrebbero esibito al mondo la mia determinazione. Quella sera, invece, non volevo che mi toccassero, pensando a Vera e alla nostra gita, perché avevo paura di quello che avrebbe pensato di me.

Quando uscii dallo spogliatoio, mi accorsi che Volpe non era venuto. C'era confusione. I miei compagni si allenavano svogliatamente, non sapendo bene come procedere. Gli uomini del quartiere venuti per fare un po' di ginnastica se ne stavano in disparte, quasi per non disturbare. Nella nostra zona vidi i tre o quattro attaccabrighe che mettevano piede in palestra solo per vantarsi di esserci venuti, uno al sacco, uno al punching ball, uno che sollevava malamente dei pesi. Di solito, non gli era permesso. Volpe temeva si facessero male.

Presi una corda e iniziai a saltellare.

Lo scontro iniziò quando quello ai pesi, rispondendo a uno dei suoi amici, disse: «Per me non valeva niente. Un ballerino, uno senza palle. Io l'avrei steso subito... Lascia stare, con me non ci avrebbe nemmeno provato. È andato ad ammazzare uno più moscio di lui».

«Uno moscio, come tanti qui dentro» ripeté a voce più alta. Per sfida.

Allora Esposito, quel bravo bestione senza genio che aveva solo subìto la classe di Clay e non gli era amico, seduto su una panca lì vicino, spaesato senza Volpe, concentrato nel mettere assurdamente in ordine i guantoni e le corde sulla rastrelliera, i barattoli con la vaselina, i caschetti e gli altri rottami in dotazione, disse: «E tu? Tu cosa pensi di valere?».

In tono sommesso, come se con Clay gli avessero toccato qualcosa di prezioso: lui stesso, la nostra palestra senza guida, il truppone vicino alla disfatta, di schiavi destinati a ammassare pietre che non sarebbero mai state altro che pietre.

L'altro si girò un istante, per vedere chi mai l'avesse interrotto, e disse: «Anche tu non vali un cazzo» voltandosi subito per riprendere con l'amico.

«Dài, vieni a tirare con me» gli intimò Esposito, prendendo un paio di guantoni e andando verso il ring.

Quello lasciò i pesi, prese i guantoni, se li mise, così, senza fasce, si piegò per passare tra le corde e, nel movimento stesso che fece per rialzarsi, si protese verso di lui e gli diede una testata sul naso. Subito dopo gli andò sotto e lo colpì ancora con la testa, prendendolo questa volta sullo zigomo. Poi, iniziò a pestarlo con il destro, in modo un po' isterico, con un movimento a stantuffo del braccio. Senza molta forza, perché il polso gli si piegava e la spalla restava quasi ferma.

Vidi Esposito barcollare per la testata e per i pugni, indietreggiare un po' ma senza mai voltarsi, come se si fosse aspettato un tiro del genere. Dopo aver subìto i primi colpi, fece un movimento strano con le braccia, come se scacciasse un nugolo di mosche dalla faccia e, lentamente, un mezzo piede dopo l'altro, iniziò la sua lenta progressione sgraziata, di robot senza articolazioni. Anche lui usando solo il destro, con un movimento pesante di affondo, in torsione del busto e della spalla.

Nella palestra si fece silenzio. Si sentiva solo il sibilo pneumatico che il ragazzo faceva con il naso quando liberava il colpo, uno sfiato di organismo artificiale, una bolla di vapore fuori dal fango. Non riuscivo a togliere lo sguardo dal suo viso infiammato, con gli occhi fissi, il naso come un avanzo di buccia sulla polpa, attaccato per una sorta di forza elettrostatica che riusciva ad annullarne la resezione.

L'altro cominciò a piegarsi, a indietreggiare, mettendosi a guscio contro le corde. Bestemmiando, urlando, cercando all'inizio di reagire mulinando sberle ma presto senza più spostare i guantoni dalla faccia, che veniva puntualmente centrata. Esposito lo colpiva senza sosta al volto. Non perdeva sangue, ma la sua pelle era diventata rossa come il sangue.

Quello era molto più grande di noi, un balordo, tante volte negli spogliatoi avevamo dovuto subirlo. Nella sua zona di quattro palazzi marci e ragazzini fossili e fracassoni sulle motorette, comandava. Adesso cercava di proteggersi con le mani, ma i colpi le spazzavano via. Nessuno si muoveva. La padrona era scesa dalla sua torretta, per vedere cosa stesse accadendo.

Per un po' l'uomo era rimasto piegato come un ragazzaccio sotto gli scappellotti, poi era finito in ginocchio. Esposito lo colpiva piegandosi e rialzandosi sulle gambe, con il sibilo e la bordata sorda di quando lavorava al sacco. Credo che da solo non si sarebbe fermato.

Due amici di quello a terra salirono sul ring, andandogli dietro e toccandolo leggermente alla spalla, come si disturba qualcuno che non sente, per chiedere un'informazione. Eravamo pronti a intervenire. Sarebbe stata una rissa memorabile. Ne avrei avuto bisogno. Una zuffa spaccamuri a denti rotti e sangue, che mi avrebbe fatto buttar fuori un po' del veleno che mi portavo dentro. Ma Esposito a quel punto si fermò, guardò un momento in giro farfugliando qualcosa, forse vergognandosi di essere al centro dell'attenzione, passò sotto le corde, ripose i guantoni e se ne andò nello spogliatoio.

La padrona mi venne vicino, non mostrava alcuna emozione per quello che stava accadendo. Ripeteva: «Su, su, adesso basta. Via, adesso... adesso arriva Volpe».

Qualcuno mi aveva detto che quella mattina era andato in questura a deporre.

Anche quella volta fui uno degli ultimi a uscire dallo stanzone. Un po' al sacco, un po' contro un pilastro nell'angolo, che era stato ricoperto da un telo di camion imbottito di segatura. Mi era passata la voglia di andarmene. Avrei voluto incontrare l'allenatore. Qualche flessione, gli addominali. Il disordine degli attrezzi, che nessuno aveva pensato a sistemare, la libertà di quello stanzone puzzolente di cui per una volta ero padrone. Sentii la padrona battere contro la vetrinetta, per dirmi che doveva chiudere.

Feci la doccia, poi iniziai a vestirmi e a preparare la borsa. Mentre stavo un po' sovrappensiero, seduto a testa bassa a rimestare nella sacca, godendo l'effetto narcotico della doccia bollente sui muscoli, entrò Volpe. La corda di Clay era appoggiata sulla panca. Mi salutò, un po' sorpreso di trovarmi ancora lì. Andò al lavandino nell'angolo della stanzetta e si mise a torso nudo. Avevo notato che il suo sguardo distratto si era fermato per un istante sulla corda.

Aveva i ricci punteggiati da palline bianche. Una testaccia oblunga su un corpo elastico che era rimasto quello di un ragazzino, la chioma nera, africana, di setole ritorte e ingovernabili, i tratti del volto appena accennati, come una scultura primitiva. Mi spiegò che aveva dovuto recuperare il lavoro perso alla mattina.

Osservavo il profilo perfetto della schiena, le spalle sbalzate, il chiaroscuro dei muscoli in movimento, in quella miniatura di pugile. Dallo specchio del lavandino, ogni tanto mi guardava. Avevo finito di preparare la borsa, ma non mi muovevo.

Si buttò acqua sulla testa e sulle spalle, poi si rialzò un istante e, fissandomi dallo specchio, esclamò: «Mi ha detto la padrona che oggi avete fatto festa».

Quindi, si rovesciò lo shampoo addosso e cominciò a sfregarsi e a tirarsi i capelli, per togliere la vernice, dimenticandosi di me. Mise altro shampoo sulla testa e sulle mani, lasciandolo agire da solo. Con una spugnetta cominciò a staccare il colore dalle dita e dal bordo delle unghie.

Sembrava che nemmeno lui avesse molta fretta. Passò un lungo momento sfregando le mani con la spugna, adagio, come se quel movimento lo aiutasse a pensare. Mi sarebbe piaciuto avere un amico così, tanto diverso da quelli del nostro giro. Uno indurito dal lavoro e dalla vita, un taciturno, che nascondeva la bontà dietro modi un po' aspri, per istinto e per modestia, come per non esporsi al rifiuto. Aveva almeno venti anni più di me. Era permaloso, ogni tanto ci guardava come se sospettasse di essere preso in giro. Ma la parte solitaria del maestro gli costava fatica. Aveva ancora lo sguardo da ragazzo caduto chissà come nella vita adulta e che non ci si riconosce e non vorrebbe essere altra cosa dalla teppa che si allena controvoglia, piena di futuro, uno di loro, senza meriti né prestigio.

Dopo chissà quanto finì di sciacquarsi, si alzò e prese a strofinarsi la testa con l'asciugamano, e poi a sfregarsi il petto e la schiena, con lo straccio stretto in diagonale tra i pugni. Vide dallo specchio che ero ancora lì, sulla panca, a far niente. Rimase un istante perplesso, poi ricominciò ad asciugarsi, senza smettere di guardarmi, in silenzio. Vide che avevo messo la corda nella sacca.

Aspettavo.

Allora mi disse: «Non esce più. Quelli buttano la chiave. Non c'è niente da fare. Anche la mia convocazione, tutto quello che ho raccontato e che mi hanno fatto dire, queste chiacchiere e carte e registrazioni, sono solo una... una carnevalata. Gli ho fatto solo pena, a quelli là».

Respirava piano. Vedevo il movimento verticale del fiato dalla vita sottile al torace, come dentro un ventre di cicala, tutto sbilanciato verso la testa. Il tremito delle cicale quando ti fissano, a frotte sui sentieri, indifferenti al colpo o alla grazia.

«E lei, cosa ha detto?» ho chiesto.

«Boh! Cosa ho detto? Ho raccontato di qua dentro, di quando l'ho conosciuto, e così via. Ho risposto a un sacco di domande stronze. Come si comportava, se aveva avuto problemi con qualcuno. Se qui ha mai scannato un compagno e ficcato il suo corpo in uno dei sacchi... domande da stronzi. Psicologia. Buttate lì solo per farti inciampare. Gli ho detto che è un campione. Come oggi non ce n'è. Sono sicuro che nessuna federazione oggi ha uno come lui, ho detto. Un talento così. Me l'hanno invidiato già la prima volta da novizio.»

Si è messo l'asciugamano come una sciarpa, attorno al collo, ha sistemato le bottigliette sul lavandino e lo ha sciacquato. Poi, ha ricominciato a strofinarsi lentamente quella testa di capelli impenetrabili.

«Il poliziotto si è spazientito: "Questo non ci interessa, questo vallo a raccontare al giudice". Ma io ho continuato lo stesso, e ho detto che uno come lui i pugni non li prende, ma vola e balla e che per vincere, uno così, deve faticare il doppio. Lui tocca solo perché senza toccare non si vince. E, quando colpisce, anche uno che non se ne intende, uno come loro culi quadri da ufficio, che magari considera i pugili un po' come bestie senza molta testa, sente cosa siano l'estro e l'intelligenza. Non so perché l'ho detto, tanto quello non ascoltava e picchiettava con la penna. Sai, come fanno quelli suonati, che non ascoltano e non si rendono conto e parlano, parlano.»

Stava fermo, appoggiato al bordo del lavandino. Ero concentrato su quello che mi stava per dire, non lo avevo mai sentito parlare così a lungo.

«Il poliziotto ha ripetuto: "Questo non ci interessa". Io allora ho detto: "Uno così non sa cosa sia la cattiveria. Non perde la testa. Se la perde, è finito. Uno così, per strada, se lo insultano chiede scusa, si gira e se ne va".»

«Lui non voleva» ho commentato io a bassa voce, senza interromperlo. «È capitato così, come una bestemmia...»

Volpe è andato a sedersi sulla panca, iniziando a rivestirsi.

«Il poliziotto ha detto: "Questo conferma quello che pensiamo noi".»

Ivano si rifiutava ancora di parlare. Dicevano che era tranquillo, come se per lui il momento peggiore fosse passato. Un giorno, incalzato dal giudice, ha risposto: «Ho fatto quello che dovevo fare». Il suo avvocato non glielo perdonava.

«Il poliziotto mi guardava con un sorrisino» disse Volpe. «Come uno che volesse farmi capire che da lui le avrei prese. Ti vogliono sempre misurare con la forza, per non sentirsi una merda. Mi ha fatto altre domande. Sulla famiglia, sul suo lavoro.

Mi sentivo stupido per quello che avevo detto, se veramente li aiutava. Allora ho risposto: "Della sua vita non so niente". Il poliziotto ha detto: "Va bene, vediamo se lo ricorderà la prossima volta, quando potrò essere più preciso su quello che rischia anche lei".»

Non capivo più niente. Sentivo qualcosa di gelido prendermi allo stomaco.

Volpe ha continuato: «Prima che uscissi, quello mi ha fermato e ha detto, osservando la mia reazione: "Sa, quel nome, quello del morto, era scritto su alcuni documenti, in casa loro. Anzi, sembra che ne avessero anche parlato, prima, in famiglia. Lo sapevano, anche la ragazzina. Forse lo hanno spinto quelle due a farlo, cosa dice?"».

Come si può convincere qualcuno a fare una cosa del genere?, pensavo. Combattevo il gelo con il sarcasmo, immaginandomi quello sbirro da telefilm.

«Anche la ragazzina sapeva tutto. Sembra che a qualcuno di loro abbia detto: "Quello che ha fatto lui, potrei farlo io domani".»

Quando mi ha detto questo, il gelo è arrivato come uno schiaffo sulle mie guance di essere ottuso, incapace di riconoscere la menzogna. Un vento pieno di stracci umidi. Che cambia il paesaggio spostando un velo sconosciuto di colore sulle cose innocenti. Stavo per confessare a Volpe il mio segreto. Di non aver capito, di non capire mai nulla.

Lui adesso mi osservava in silenzio, con l'espressione attonita che gli veniva sempre dopo aver impartito una lezione di scherma, eludendo la difesa e toccando. Valutava sempre nell'allievo la reazione istintiva, nei pochi istanti sottratti alla malafede. Quella specie di lotta tra l'intelligenza e l'orgoglio, che dice subito quanto uno vale.

Non mi sono mosso. Una corrente di emozione mi impediva di pensare. Forse voleva farmi capire che a nessun altro dei suoi bestioni avrebbe concesso la prova che stavo sostenendo. A nessuno parlava mai del suo campione e, quando c'era lui in palestra, tutti alludevano a Clay con il silenzio.

Continuò: «Io in fondo lo sapevo. Quello è un testone. Un donchisciotte» usava sempre questa espressione per sferzare la buona volontà che va al macello. «Lo sapevo, sì. Tante sere l'ho pensato, mettendolo sotto a faticare. Capisci che uno è cambiato anche solo da come si muove. Il passo più pesante, o più veloce, come per reagire a un peso. Per non guardarti negli occhi». Con un risolino, aggiunse: «I pensieri ti fanno lo sgambetto».

Quella degli occhi era la sua fissazione. Mai cedere allo sguardo dell'avversario. Vincerlo con gli occhi, anticiparlo. Era la sua poca saggezza di ragazzino abruzzese che non voleva invecchiare, il garzone dai pugni veloci e pesanti, la gloria più grande un paio di foto nel giornale sportivo, e il comando della nostra caverna.

Tenevo lo sguardo dritto nei suoi occhi. Forse era stata la corda di Clay, intravista per un istante, a spingerlo a parlarmi. Come riconoscendo le insegne di un complice. Annuì con un'espressione bizzarra, poi si staccò dal lavandino e andò a mettersi le scarpe.

Disse ancora, quasi a se stesso: «Per me non cambia niente. No. Cosa vuoi che cambi? Dico solo che quello che è morto, per quanto ho saputo, non valeva tutto questo sacrificio».

Per me invece cambiava tutto, ma a lui non lo dissi.

Presi la borsa e uscii dallo spogliatoio. Attraversai la palestra e salii di fretta le scale. Non vedevo l'ora di essere fuori, nella sera fresca e chiassosa di traffico e di voci stralunate. Ero spinto da un desiderio di sapere che mi avrebbe lasciato insonne.

Per la prima volta mi sentivo al posto giusto, strappato dai miei sogni di ragazzo, immerso in una sostanza fraterna e, allo stesso tempo, sconosciuta. Una deriva di pensieri fatta di accelerazioni e di sospensioni improvvise alla quale io, solitario e pigro e più di tutto menefreghista, questa volta non volevo sfuggire.

«L'odore del pane.»

«La pioggia di fine inverno.»

«E marzo...»

«Quando l'aria non è più fredda...»

«E nella pioggia sale il profumo della terra.»

«È come se si abbassasse una parete... sei fuori e ti viene voglia di uscire.»

Il vento le strapazza i capelli, li sgrana duri sulla fronte passando avanti e indietro, come un dito che li toccasse uno a uno. Quei capelli così strani, ora bruni, ora di fiamma.

«Di correre.»

«Di camminare e camminare sotto l'acqua, grondanti. Senza smettere di guardare attorno.»

«Sì, dentro l'acqua fino a stordirsi, quando l'acqua arriva alla carne. Tanto bagnati da sentirsi diventare acqua.»

«Tante volte, ragazzino, io ho avuto la sensazione di camminare sull'acqua.»

«Senza niente da raggiungere.»

«Ora, non lo farò più nello stesso modo.»

Lo dice con voce sicura, senza compatimento. Non le rispondo perché non voglio mentirle. Penso anch'io a domani come a una fine. E all'impegno che sento di aver preso con me stesso, di salvarla. Dammi tempo qualche anno. Non gliene ho mai parlato. So come reagirebbe, lei che rifiuta duramente i sogni.

Nei miei guanti di lana restava il profumo della tua pelle, vorrei dirle. Non mi credi, ma era così. Anche per questo mi piaceva prestarteli. Per strada, rincasando, ogni tanto li annusavo. Pensa a quanto sono stupido. Ogni volta con la paura di non sentirlo più. Camminavo piano sotto la pioggia. Gli stivali mi facevano un po' barcollare e l'acqua tamburellava sulla mia giacca di plastica. Tra il marciapiede e la strada c'era ancora il segno nero della neve. Mi piaceva pensare alle tue mani dentro quei guanti. Ero convinto di poter sentire il tuo odore dolce, vorrei dirle, lo stesso che hai nelle gambe dove le cosce si toccano. Ma non voglio che rida di me e rimango zitto.

Camminiamo lungo la passeggiata sferzata dal vento. Lungomare di Nervi, il più vicino a Milano – un paio d'ore di treno, un autobus che porta verso la zona residenziale.

Le rocce da un lato, gli scogli e il mare impazzito dall'altro. Sugli scogli si vedono ombre, oggetti infrattati non ancora raggiunti dall'acqua. Il vento spezza il respiro. Ci solleva. Per lunghi momenti ci impedisce di parlare, spinge all'indietro.

La stringo a me. La frizione dell'aria ci fa socchiudere gli occhi, sbandiamo. La copertina di un vecchio disco di Dylan passa insensatamente nei miei pensieri. Ogni tanto la balconata si piega, un gomito di rocce frena il vento. Tra le rocce, di rado, una panchina. Non incrociamo quasi nessuno. Sotto, ancora lontane dalle onde, ci sono le lastre quadre che d'estate si cerca di raggiungere per prendere il sole. Abbiamo speso quasi tutti i soldi per il treno e per un pacchetto di sigarette, anche se non ci piace ancora molto fumare. Il vento schiaccia, lima, e torna potentemente a slittare e a gonfiare partendo dal basso, come se il profilo della costa, quel segmento interminato di mattonelle rosate e pietra, così misero, oggi non fosse che una tela greve incapace di schiudersi, accoglierlo, librarsi. Manteniamo a fatica l'equilibrio.

Ci sediamo su una panchina, dietro un angolo di rocce bombardato dalle raffiche. Anche così, fermi, sembra di filare nel vento, sospinti da un'energia esaltata, incapace di naufragio. L'aria pesante, di sale e acqua, vischiosa, preme contro la pelle. I capelli le si alzano in serpentelli già legati dal sale, più scuri, una massa di fibre e rametti impiastricciati che lei ogni tanto riporta alle spalle con il palmo della mano. Quasi bagnati, ora lasciano intravedere il disegno largo della fronte, la pelle così bianca e segnata in trasparenza dalle lentiggini. Senza riuscire a evitarlo, penso a suo padre mentre osservava quello stesso profilo e quelle ombre, in silenzio, senza farsi notare, per non turbarla. A quando la cercava con lo sguardo, in un giorno come tanti di luce scatenata, dentro la loro casa di torre. Oppure rientrando veloce e come distratto per il giardinetto vociante di casino, con le panchine sommerse da un groviglio di giubbotti e gambe e sguardi e mani che frugano e cazzottano, in cui c'era anche lei. Vederla era forse anche per lui una resurrezione.

La burrasca sembra spargere semi. Ogni tanto lei si ripara dietro il mio giubbotto.

Sento di non aver mai abbandonato così profondamente la vita di tutti i giorni.

Qualche volta sono io ad affondare in lei, con la scusa di proteggermi dall'aria. Cerco la sua pelle umida, il profumo intenso del suo sudore. Le bacio il collo. Mi abbraccia. Le slaccio qualche bottone della camicetta per poterle baciare la spalla. Mi lascia fare. Un istinto che non riesco a frenare mi stringe alla sua pelle. Sollevo la stoffa leggermente bagnata per raggiungere il cavo dell'ascella. Il vento infila tra noi le sue unghie gelide. Il suo odore mi stordisce, la sua complicità.

«Hai freddo?» le chiedo, rialzandomi e guardandola.

«No» risponde, avvicinandosi. Sento le sue labbra premere contro i denti, quasi a tagliarsi. È lei a venire in me, come mi piace.

Poi, prendo dalla sacca un pane che abbiamo comprato alla stazione, qualcosa da bere. Vicino non ci sono costruzioni, nessun chiosco aperto fuori stagione. Divido il pane con le mani, lei mi offre un po' della sua bottiglietta. Bevo e la bacio e sento il liquido scorrere tra le nostre bocche.

Ogni tanto qualcuno supera la svolta tra le rocce e ci trova lì, fermi nella bufera, a mangiare piano, come randagi. Io non guardo nessuno.

Mentre mangiamo, osservo le briciole di pane sulle coste dei suoi calzoni. Porta vecchi pantaloni di velluto viola, lisi alle giunture, scarpe ancora invernali, un giubbotto che forse era di Clay, di colore chiaro, nocciola, uno sfondo di legno che esalta le venature di luce, l'arancio, l'oro dei suoi capelli. Mi piace. L'hanno fatta pensando a lei, quella tela.

Accendo una sigaretta nel cavo delle mani, gliela passo. Non parliamo più. Guardo le sue labbra, il profilo lucente dei denti appena sotto la carne. Prende qualcosa dalla borsa. Ora sembra una bambina seduta al suo banco, a scuola, mentre pesca un quaderno dallo zaino solo per non sentirsi abbandonata. Abbiamo mangiato insieme come fratelli.

Ogni volta che penso all'atto di mangiare, alla sua verità, in me torna l'immagine di quel pasto nel vento, al riparo delle rocce, il pane, il mare bianco oltre la balconata.

Penso a lei senza padre. E a un padre che segue dall'ombra i giorni contrastati della figlia, desiderando mettere ordine e intuirne la prospettiva. Provandoci. Come si rimbocca una catasta di oggetti che rischiano di franare, con colpetti e leggere carezze. Ma le mani ora non toccano, la materia non cambia direzione, e i movimenti e le cure attorno alla catasta diventano solo un abbraccio sfondato. Una caduta rimandata a ogni respiro.

Guardo le sue labbra, il segno perfetto del naso, gli occhi di lepre. È come se il padre mi avesse appoggiato una mano sulla spalla, affidandomela per un tempo brevissimo di assenza. Un tempo di padre che scorre legato alle ore disorientate di una lunga mattina di solitudine dentro un'aula di scuola.

Se sapesse, lei riderebbe dei miei pensieri.

Mi avvicino di nuovo alle sue labbra increspate dal sorriso e dal vento, le bacio gli occhi.

La luce bianca del pomeriggio, i colpi dell'aria, il sibilo continuo nei varchi delle rocce. Penso alle nostre strade, al caos di quando passano sotto il cavalcavia del treno. Alle tane. Questa nostra libertà, penso, è come la sua di farsi un giro nel cortiletto del carcere, quattro passi nel regno soprastante dell'aria libera.

Ogni tanto, senza volerlo, rivedo la farfallina lasciata dietro le vetrine del negozio di parrucchiere. Così diversa. Quasi una donna. Il trucco, i vestitini scelti con cura al limite dei soldi concesso dallo stipendio. Tutti gli uomini che l'avevano dimenticata. Anche lei così vera. Mentre la aspettavo dall'altra parte della piazza, sentivo l'energia concentrata oltre il chiaroscuro del vetro. Il fiotto di ombre in cui la riconoscevo, nel buio della sera. Lei che usciva e si sistemava la borsetta in spalla, e guardava con uno scatto veloce di qua e di là, prima di attraversare e riprendere dritta verso di me.

I suoi vestiti, quel modo di parlare, quello che mi raccontava della giornata e dei suoi desideri – un destino preciso di relazioni e di incontri, e di cose che sarebbero venute nella sua vita. Una solitudine schiacciante, più dura della mia di solitario che non avrebbe cercato relazioni o incontri, né voluto le cose che tutti vogliono. Quella solitudine, un vetro invalicabile contro il quale vedevo scorrere la sua corrente, in momenti come questo mi riempie di smarrimento e di colpa.

Guardo il mare, in lontananza, dove onde che devono essere terribili si sfaldano con pochi sfregi biancastri. Nel cavo delle mani il tepore della sigaretta, la brace imbevuta dall'aria. È bello averla così vicino. Il silenzio, via da tutto, la libertà di randagi in un giorno di vento, il domani così lontano.

Si è un po' allungata sulla roccia, appoggiandosi alla mia spalla. A un certo punto, come uscendo da un lungo giro di pensieri, dice: «Non mi è mai piaciuta... l'idea...» fermandosi, come tornando a pesare quello che sta per confidarmi.

«Cosa?» domando, riscuotendomi.

«Non mi piace l'idea di stare con qualcuno. Voglio che tu lo sappia. Un ragazzo. Di starci, di fare coppia. Capisci?»

Lo dice lentamente, con un tono di confidenza che non ho mai ascoltato prima. Le sue parole mi piacciono. Sono strane, così giuste per quello che sta capitando. Sono quello che amo in lei, stessa materia. Di spini e di luce. Difficile da capire.

Sento che forse ha davvero spinto il fratello a uccidere, e comunque non ha fatto nulla per fermarlo.

«Voglio toccare l'acqua» sussurra. «Andiamo.»

Dalla nostra cima di tempesta, che domina gli inferi degli schianti e delle schiume, sembra una cosa da matti. Ci muoviamo.

La balconata ogni tanto si apre in scalette che scendono verso pianetti di cemento, da lì si può arrivare agli scogli. Il vento ci spinge potentemente verso l'alto, riusciamo a malapena a tenere gli occhi aperti. Per portarci a livello delle onde, scendiamo di due o tre file di massi. La aiuto a passare nei punti di maggiore instabilità. Il rumore, la corrente di sale e vapore sono così forti che sembra di essere su una piattaforma in movimento.

Caliamo su una lastra piatta, dove l'acqua arriva e scivola via con un velo di schiuma e di bolle dello strano colore perlaceo che si vede al largo. Nelle fossette forma pozze che ricompaiono a ogni respiro. Ci inginocchiamo, avvicinandoci. Vera un po' più avanti di me. L'acqua arriva e le bagna le mani, lei non si muove. Aspetta l'onda resistendo al vento. Davanti a noi le onde si spaccano in chiome altissime e schiume che sembrano ferme quando l'acqua cede, libere come fumo.

Poi si volta e mi dice qualcosa, ma io non sento. Il rumore è troppo forte. Mi giro e guardo verso la cresta e la balconata, quasi invisibile da qua sotto.

Faccio segno di no, che non capisco. Lei urla ma lo schianto copre la sua voce. Allora si alza e mi viene vicino, le mani bagnate, i capelli in trecce salmastre, quel ricamo di efelidi sulla fronte nuda.

«Io» urla «non avevo mai visto il mare.»

Quanto rimarremo qui sotto? Il tempo inesorabilmente libero. Ci verremo sempre, non appena sarai libera. Con te, ragazzina, non mi annoierò.

Il sole è già quasi basso, sceso di traverso davanti a noi, sbatte sulle rocce con una luce bianca piena del pulviscolo delle schiume, dei riflessi rossastri della pietra. Risaliamo di un paio di massi. Fermi contro un blocco verticale – una specie di parete che ci nasconde. La bacio, quasi la sollevo abbracciandola. Chiude gli occhi.

Mi rialza il giubbotto sui calzoni, sfila la cintura e fruga con le mani per mettermi nudo. Il vento freddo mi piace. Mi accarezza senza smettere di baciarmi. Essere così nudo contro di lei. Guardo in basso, la mia carne ha un colore chiaro, mi piace. Esce spavalda in mezzo a tutti quei vestiti. Allora mi abbasso e le slaccio i pantaloni. Inizio a baciarle il ventre. Dentro la sua pelle morbida. Sbattuti dalla tempesta. Scendo, cerco di sentire il suo sapore, faccio quello che posso per arrivare a lei. Così è difficile. Lei mi stringe i capelli, asseconda i miei baci con leggeri movimenti del bacino. Tocco la sua carne con la lingua, arrivo lì, dove inizia qualcosa di morbido. Forse nessuno l'ha mai fatto.

Poi mi rialzo e la bacio e le sfioro le guance con le labbra e mi spingo tra le sue gambe. Così, in piedi, contro un muro sul mare, senza provare a entrare, senza potere, la stringo e la guardo negli occhi. Da sotto in su i suoi occhi sono molto dolci. Le accarezzo la schiena, nudità contro il gelo. Nudità di matti, mentre il mare ci guarda.

«Ti voglio bene» le dico, anche se non c'è bisogno di dire niente.

Verso sera, distratti da un orizzonte di fiori viola e strappi e colore spremuto a caso da una mano balorda, ci incamminiamo verso la città bassa. Fa tanto freddo che entriamo in un'osteria a bordo darsena. Un caffè, per aspettare l'ora dell'autobus. L'oste non disturba. Ci sono uomini, una scacchiera di tavoli vuoti, un televisore che nessuno ascolta, alto verso il soffitto.

Il locale è in un sottostrada, in un dislivello della provinciale che forma un quartiere senza vie d'uscita. Non c'è traffico. Beviamo qualcosa contando gli ultimi soldi, tenendone un po' per le sigarette. Sto violando il primo comandamento dei pugili, il più sacro. La santità del fiato.

Sembra che in questa stanza enorme si possa restare anche senza prendere niente, come in una sala d'aspetto. Stare ore in un angolo, un tavolino contro la vetrata buia, diventando parte del sottofondo di rumori smorzati e voci, movimenti lontani, come cosa accolta. Un fiasco sulle mensole, una sedia silenziosa. Sulla vetrata ci sono polvere e sale, un chiarore di sterrato dove passano autotreni stracarichi e gente sola, nelle ore prima dell'imbarco che cambiano il destino. Penso a libri che ho letto, alla fuga. Nella terra di nessuno, del porto, dove le origini si perdono.

Una donna ci porta le tazze, prende i soldi e rimane un po' di fianco al tavolo. Dice qualcosa guardando fuori. Domenica, poco prima di sera, nel locale vuoto. Ci guarda, prima di andarsene, sorride a Vera. Nessuno fa più caso a noi. Potremmo restare fino a notte.

«Mi piace tutto questo, stare qui con te.»

Guardo le sue mani bianche, le dita lunghe, non curate. I capelli intrecciati dal sale, gli occhi un po' stanchi. Sento il brivido della fiamma sul metallo, il passaggio di stato che nel nostro cuore sono le emozioni che trasformano i riferimenti. Quello che non si può dire.

Poi, aspettiamo l'autobus nella strada buia, dove non passa nessuno, vicino a edifici spropositati, carcasse. Un autobus con luci fioche, la darsena in trasparenza dai vetri, poca gente seduta. Fa un lento giro a filo dell'acqua, prima di entrare nella città. La corsa solitaria e il paesaggio notturno di fuori rivelano il destino dei nostri compagni. Un segno spudorato di energia in margine alla materia. La materia stessa ne sembra penetrata, bastano pochi sguardi per essere offerti alle loro vite.

Siamo molto stanchi. Non parliamo più. In treno, all'inizio, ci dobbiamo sedere lontani. Ogni poco, la corsa sfiata e riprende, decelerando subito verso una nuova stazioncina da niente, a lungo prima di fermarsi, come un polmone meccanico pigiato maldestramente dal mio desiderio che queste ore così intense sconfinino, prima che mi ritrovi da solo con la vita ribaltata. Caduta in lei, strappata: le poche certezze, i progetti piegati dal suo vento forte.

Quando si libera il posto di fronte mi siedo, le sorrido. Sopra la camicetta indossa un maglione nero. I capelli chiari, elettrizzati dalla stoffa sintetica, sgranati come zucchero sul tessuto. Guarda fuori, occhi stanchi e segnati, le palpebre un po' abbassate, quasi verdi. Occhi di lepre ora stretti, ora larghi come grani d'uva dolce, gonfi di succo.

Non voglio dire più niente. Penso a quello che

verrà. Immagino tanto tempo per noi, una casa calda in pomeriggi di pioggia, parole da dire e da scrivere, novità. E posti nuovi e viaggi, e sere lentissime a casa sua, chiusi nella cameretta, dentro la notte indistinta delle torri, i lettini uniti, la musica. Tutto il tempo, tutta la vita sfrenata.

La campagna è intervallata da ciminiere e pinnacoli d'acciaio, cisterne e costruzioni metalliche che si alzano con uno scheletro inconcluso, agglomerati industriali sotto luci gialle.

Un luogo così, più piccolo, in un palazzo di valore alto sulla deriva di una strada del centro, sul movimento della vita che pulsa, da domani la rinchiuderà. Chissà per quanto. Un mese, dieci anni.

«Vengo a prenderti, se vuoi, domani sera.»

Distoglie lo sguardo dal finestrino. Mi sorride. Poi torna a guardare fuori, socchiudendo gli occhi.

Dopo un po' si volta e dice: «Domani... è meglio di no. Avrò voglia di stare sola, domani».

Continua a guardarmi negli occhi. Passa chissà quanto. Poi dice: «Non mi hai raccontato come va in palestra».

Le sue parole hanno un senso preciso. Le sento come un richiamo, un gesto d'affetto per tenermi con lei.

Sorrido. Ho iniziato a fumare. Non hai visto? Aspetto un po' prima di risponderle. Dico: «La sua corda non riesco a usarla. Mi piace portarla, saperla vicino. Come se potesse comunicargli qualcosa. Dargli il tempo della palestra, tenerlo lì. È molto stupido, ma non potrei farne a meno. Solo Volpe, l'allenatore, l'ha vista, e ha capito».

«Volpe ha cercato di vederlo, ma finora non l'hanno fatto passare.»

«Gli vuole bene» dico.

Lei non risponde.

«È uno di quelli che non chiedono niente» continuo, pensando alla sera prima. «Quando hanno deciso continuano dritti come un mulo e la decisione non la fanno intuire. Almeno io non l'avrei mai detto prima. Lo consideravo solo come un tipo un po' noioso, senza troppe cartucce. Un cavallo da miniera. Della boxe. Uno che non ne esce più, buono solo per darti quello.»

«Non ti capisco.»

«Voglio dire che è uno di quelli che ti contrastano, magari per anni, e poi ti salvano la vita quando è il momento, anche a rischio del poco che hanno. E tu non l'avresti mai saputo, mai sentito, senza quel momento.»

«Anche Ivano ha voglia di vederlo. Non l'ha mai presa sul serio questa cosa della boxe, ma adesso è finita, non so...»

«Volpe dice che ha un grande talento.»

«Io so che c'erano tante cose, oltre alla palestra... Insomma, io credo che potrebbe avere talento per tante cose...»

«Se un pianista si rompe il polso, è finita. Non ha più lo stesso appoggio. Voglio dire: sai di avere lo stesso spirito, e nello stesso tempo sai che è finita.»

Continua a guardarmi in un modo strano, come se non si fidasse ancora di me. Poi, dice: «Quando uscirà, sarà vecchio».

Senza emozione né rammarico o sorpresa. Come

a volermi ricordare una cosa che ho in mente ma che l'avrebbe offesa.

«Settimana prossima» mi dice, prima che la lasci, davanti alla sua torre, «fissano la data del processo.»

Con la gola bruciata dalla fatica, certe sere, risalivo via Canonica fino al piazzale della stazione degli autobus, dalle parti dell'Arena. In estate, la pelle ancora fresca per la doccia, a fior di stoffa, i muscoli dolcemente pesti, il passo leggero.

Dall'asfalto, dai muri esalava il tepore buono di un sole che non era potuto scendere che poche ore tra quei palazzi così vicini, mitigato dall'ombra delle cantine profonde, dall'anima liquida di quelle case disfatte, dai portoni, che sembravano nascondere una realtà di natura opposta, fatta di correnti e di movimento, una prima manifestazione della fine.

Una strada quasi deserta, a quell'ora, con poche auto che scendevano piano, a senso unico, tra quelle parcheggiate, come barche guidate con colpetti di remo sulle rive vicine. Ogni tanto si allargava in piazzole con monumenti e aiuole di erba meravigliosa dentro tutta quella pietra. Mi piaceva la libertà di percorrerla senza fretta, provando la gioia del corpo spossato. Un tempo intermedio di tregua che mi ero meritato e in cui la mia vita, senza che facessi nulla, si rimetteva in ordine, con immagini e voci che tornavano per la seconda volta, portando finalmente il loro significato. La sua figura, quel modo strano di ragionare, come se avesse un interlocutore irraggiungibile.

Dalle finestre spalancate dei piani bassi non venivano voci, solo a tratti, il suono di un televisore. Si sentiva vicina la presenza silenziosa di quelli dentro, abbandonati alla corrente che precede la notte. La mia risalita era pervasa dalla tensione della sete, che si ripresentava a pochi passi dall'ultima fontanella che avevo incontrato. Se avevo qualche soldo con me, mi fermavo a un chiosco di angurie e ne compravo tutte le fette che potevo. Cenavo solo con la sua energia di acqua e materia rossa instabile, tanto semplice e vicina al mio desiderio.

La passeggiata solitaria dopo la palestra stava diventando la ragione dei miei allenamenti. Non volevo dirmelo, ma non ci credevo più. Ci andavo solo per dovere, come un prete che non volesse ricominciare la vita daccapo. Un prete che non vuole essere rifiutato dal miracolo che si illude di avere vissuto.

Era arrivata gente nuova, come tutte le estati. Volpe sembrava non riuscire più a tenerli a bada, o non averne più voglia. Cercavano di unirsi a noi, venivano agli attrezzi, chiedevano consiglio. La separazione si stava incrinando, il rispetto della linea invisibile che proteggeva il nostro spazio di recita, una delle regole che segretamente governava la vita della palestra, stava venendo meno.

Esposito se ne era andato. Il nostro pugile tragico, arroccato come un ciuco sul centimetro conquistato, che non indietreggiava, votato al massacro per mancanza di talento, il viso rosso a brandelli, la testa che dondolava ottusa e veniva colpita infallibilmente, lo sguardo vuoto sotto i colpi che cercava il riconoscimento dell'allenatore. L'approvazione. Come se il sacrificio di prenderle fosse superiore alla sconfitta. Guardandolo combattere ho conosciuto la tristezza del destino di essere sempre un passo sotto il livello dell'aria, di provare assurdamente quel movimento verticale di respiro, contro se stessi – di essere inchiodati lì per sempre. Pensavo: Ora verrai giustiziato dalla tua buona volontà.

Alla fine aveva trovato lavoro fisso da uno spedizioniere, turno serale e notturno. L'ultima volta, vestito con la sua assurda mise di giacchetta e cravatta, ha voluto salutarci tutti insieme, offrendoci qualcosa da bere. Volpe alla fine gli ha sorriso in un modo particolare (lui teneva gli occhi bassi, come uno che stesse tradendo), come a un fratello disgraziato, ho pensato, cui si auguri di non perdere più la strada.

Anch'io mi stavo perdendo. Ogni tanto saltavo l'allenamento. Ai tempi di Clay non l'avrei mai fatto.

Il tradimento lo preparava l'aria senza padrone del pieno pomeriggio, la mia irrequietezza e il non sapere cosa avrei fatto in palestra o chi avrei incontrato e sfidato a pugni, magari un brocco del quartiere cui mi era consentito solo dare buffetti, e sentire che gli altri vivevano mentre io là sotto mi costringevo a una durezza che non avrebbe mai dato frutto.

Nessuno in palestra vinceva più l'impressione immediata di un destino di disfatte. Per convincermi di non aver smesso, a casa facevo un po' di addominali e di flessioni, tanto per dirmi che la volta dopo non ne avrei risentito. Preparavo già una buona scusa per Volpe, poi prendevo la sacca con i libri e me ne andavo libero verso l'università o la sala di lettura della biblioteca di Villa Litta.

Da quando Vera lavorava, sentivo istintivamente il tempo libero – tutto il mio giorno senza vincoli – come un debito. Mi capitava di pensare a lei senza volerlo, in un momento a caso di quelli che sprecavo senza doverne rendere conto a nessuno, a cosa stesse facendo, a lei privata di quel momento mai più ripetuto, senza la libertà di buttarlo in aria come una manciata di terra.

Pensavo al mio tempo in movimento e al suo fermo. Fino alle sette e un quarto di sera, perché il notaio dove lavorava le aveva concesso di andarsene prima degli altri, che restavano fino alle sette e mezzo.

A volte, andavo ad aspettarla in via Torino, mettendomi in un punto dove lei sarebbe dovuta passare per raggiungere la fermata del tram. Mi appoggiavo al muro, nel rientro della bacheca esterna di una libreria, e guardavo scorrere la gente, fino a quando non la vedevo. A quell'ora passavano così in tanti che se avesse deciso di prendere il tram alla fermata successiva, in direzione opposta, non l'avrei vista uscire dalla sua traversa e andarsene.

L'università non era lontana. Aspettavo la chiusura della biblioteca e andavo da lei, che non se lo aspettava. Mentivo dicendo di avere solo allungato un po' la strada e che quella fosse anche la mia ora per tornare, perché avevo snaturato il mio pomeriggio e tradito Volpe e lo studio in lunghi momenti di distrazione, per rientrare con lei.

Si prendeva gioco di me, mi chiedeva cosa avessi fatto tutto il giorno. Non teneva in gran conto la mia vocazione, soprattutto la più grande, la taciuta e inarginabile, che riguardava lei.

Il tempo trafelato del rientro, quel lungo viaggio nel traffico a passo d'uomo del tram, i sussulti, il cambio al delta di via Farini, con la gente che trabordava dal marciapiede in mezzo alle auto, il caos e la stanchezza di tutti. La lunga giornata faticosa che riverberava piano dal viso provato, uguale alla luce bassa e vinosa, sciolta dalle lampadine, che non bastava a rischiarare la vettura: quel tempo stava diventando il momento più piacevole della mia giornata.

La gente ci divideva e interrompeva mentre parlavamo. Molte volte non trovavo niente di nuovo da raccontarle e preferivo restare zitto, guardarla, rivelando la mia nullità vicino a lei che stava diventando sempre più seria, e dura forse, e non si confidava, e forse mi considerava solo un perdigiorno pieno di sogni e di egoismo. Del lavoro non mi raccontava niente, dei colleghi, di quel mondo per me ostile.

L'accompagnavo fino al palazzo. Di solito era

troppo stanca per uscire ancora, dopo cena. Non ne aveva voglia. Con tutto quello che le stava succedendo, non c'era molto posto per me nella sua vita. Me lo aveva detto: niente di esclusivo. Cercavo di non essere di troppo. Certe settimane capitava che andassi tutte le sere ad aspettarla, eppure, quando mi scostavo dal muro della libreria e le facevo un cenno di saluto, non ero sicuro che le facesse piacere vedermi.

I giorni, anche i miei, si erano riempiti di una tensione leggera che rovinava la possibilità di applicarsi interamente a qualcosa, anche solo alla selvaggia ebbrezza di una serata in giro con gli amici, alla bellezza di un allenamento tirato e pieno di sfide, al passo compiuto per salire di un gradino la vetta durissima dei libri che amavo e mi ero imposto di comprendere.

La indovinavo in Volpe, quella distrazione, in Vera, in mio padre, in molti che non si conoscevano tra loro e non ne parlavano. Forse era solo una mia impressione. Ma sentivo che la vita di tanti a me vicini – anche se lo avrebbero negato e non ci pensavano quasi mai e in fondo ritenevano che tutto fosse ormai deciso – era attraversata dall'attesa dell'inizio del processo a Clay. Dal pensiero di lui, di cosa ne sarebbe stato.

Anch'io non ne parlavo. Sulla condanna non c'erano dubbi, non aveva scampo. Avevano raccolto prove e testimonianze senza fine, sarebbe stata chiesta la pena più alta. Eppure tutti aspettavamo il processo, il miracolo di giudici che pensassero quello che pensavamo noi.

Quel giorno rimasi in casa fino a sera. Avevo l'allenamento. Aspettavo che qualcuno venisse a dirmi qualcosa, o telefonasse, ma speravo anche di non sentire niente. Né in casa, né da qualcuno incontrato per strada o nelle chiacchiere dei vicini. Probabilmente ero solo io a farmi tanti problemi e tutti quelli che nel quartiere ne avevano parlato per giorni già non pensavano più a lui, passato lo sfinimento della sorpresa e del sangue.

Un giorno per me pieno di inquietudine. Come quando qualcosa sta avvenendo misteriosamente e ognuno nel suo piccolo se ne sente invaso: il rischio di una guerra, un sommovimento ai vertici del potere. E allora si attendono notizie e le strade si riempiono di quella novità che ancora non arriva e ogni minimo movimento e atto quotidiano lo si compie sullo sfondo di un'attesa muta e concentrata. Chissà, forse ero solo io a non rassegnarmi.

La sera andai in palestra. Volpe non c'era. Lo capii appena dentro, dal disordine delle voci, dalle gerarchie e dagli spazi violati, da quelli che si stavano prendendo la libertà di invertire le sequenze dell'allenamento o facevano vacanza.

Andai subito al sacco e feci qualche serie senza convinzione, a freddo. Alcuni si erano già stancati e stavano fermi in un angolo a chiacchierare. Qualcuno di quelli che venivano solo per la ginnastica se ne stava seduto in terra, a guardare in giro, come se la palestra fosse diventata un bar, senza Volpe. Un ragazzo si era messo il caschetto e cercava qualcuno con cui fare qualche ripresa sul ring. Mi invitò, ma rifiutai. Improvvisamente, nel mezzo di quel movimento senza logica, uno spreco colmo di indifferenza per il nostro campione, mi vergognai della mia lunga giornata vigliacca e decisi di andarmene. Forse facevo ancora in tempo.

Mi cambiai e corsi a casa sua, sedendomi su una panchina vicina all'ingresso della torre. Probabilmente non era ancora rientrata. Sapevo che dovevo aspettarmi il peggio. I giornali lo avevano presentato come un violento senza pietà. L'idea della violenza, dell'atto individuale folle, aveva poco a poco spento l'interesse per la vicenda che era stata ricostruita come movente e che gli era costata l'accusa di omicidio volontario. L'omicidio era rimasto solamente l'atto cieco di uno sbandato, indifendibile – di uno che se fosse tornato libero avrebbe potuto uccidere ancora, per antipatia, per malumore, così, solo perché si è ficcato in testa una qualche idea di ingiustizia e vuole farsene il vendicatore. Anche con i soli pugni. Selvaggiamente. I sindacati si erano fatti da parte per non compromettere le cause in corso contro la proprietà della fabbrica, accomunandosi in qualche modo a una giustizia omicida.

Ivano era rimasto solo. La madre aveva potuto trovare solo un avvocato da quattro soldi. Prima di iniziare si era fatto firmare delle garanzie per il pagamento del suo onorario. Forse qualcuno del sindacato sarebbe andato a testimoniare, chiamato dalla difesa, niente di più. Un tentativo disperato di limitare la condanna. Chi pensava che avesse fatto bene se lo teneva in cuore.

Nel quartiere sentivo parlare di lui come di un

criminale qualunque, un rapinatore, un mafiosetto, così come avevano fatto i giornali ripescando alcune vicende del tempo della scuola o intervistando a casaccio qualcuno che lo temeva.

Sapevo poco di tutta la storia, iniziata anni prima. Non mi ero informato molto. Anche a me interessava solo il suo esito scatenato che ci aveva un po' cambiato la vita. I compagni di suo padre erano morti, o stavano per morire. Chi non si era ancora ammalato cercava di non pensarci fino al successivo controllo medico. Se anche li avessero portati in aula, se anche qualcuno di loro, che passava le sue ultime giornate chiuso nelle torri o passeggiando nei giardinetti, fosse andato a testimoniare, la responsabilità di Ivano per essersi deciso a tanta efferatezza non sarebbe diminuita. Forse sarebbe aumentata, visto che il sindacato stava poco alla volta mettendo in luce le colpe, le complicità, quello che tutti avevano sempre saputo e pezzo per pezzo stava per essere provato. Presto si sarebbe arrivati a un processo per i padroni della fabbrica e per chi li aveva coperti.

Stavo pensando a questo, quando la vidi arrivare.

Cercavo di mettermi al posto di Ivano, immaginando cosa avrei fatto: se avrei atteso una condanna formale dei responsabili, e un risarcimento calcolato sulla povertà, o scelto quella via così semplice, così limpidamente comprensibile. Se io, che molte volte avevo immaginato di farmi giustizia in modo spietato, e non l'avrei mai fatto, avrei deciso come lui, che probabilmente non aveva mai sognato la morte o la vendetta, ma ne era stato capace.

Si avvicinò alla panchina, diede un'occhiata alla grossa borsa nera con l'aquila che regge il mondo tra gli artigli, e disse: «Vuoi salire?».

La casa era buia, come se non ci fosse nessuno. Accese la luce dell'ingresso, poi quella della cucina. La tavola era apparecchiata, il piatto coperto con un altro, il bicchiere a testa in giù, le posate dritte sul tovagliolo. Mi fece segno di non fare rumore.

«Mia madre dorme» sussurrò. «Ora dorme sempre. Mi chiede ogni sera di perdonarla per questo e per quello, straparla, mi tratta come una bambina e non si ricorda che ritorno dal lavoro. Poi se ne ricorda e comincia a chiedermi scusa. Oggi poi non stava bene, probabilmente non si è nemmeno alzata dal letto. Sta attraversando adesso il suo periodo di pazzia. Spero solo che le passi.»

Andiamo in camera sua. Mi siedo sul letto di Clay, lei su quello opposto, il suo. C'è un'aria pesante, di vestiti non lavati negli armadi, di sonno, di caldo, di sigarette fumate senza pensarci. Veniva voglia di sdraiarsi e farsi prendere dal dormiveglia, con le parole che si allentano e addolciscono e si sentono appena e non si afferrano, e costano quanto massi da spostare a forza di braccia. Perdere coscienza e addormentarmi lì, con lei vicino. Una notte insieme. E poi svegliarsi di colpo, senza più sonno. Tutta la notte libera, con lei.

La guardo senza parlare.

Dopo un po', dice: «Oggi non è successo niente. Hanno solo ordinato le carte, fatto le presentazioni».

«E lui?»

«Ci hanno lasciato parlare un po', alla fine. Siamo andati tutti a salutarlo. Io l'ho visto bene. Un po' più magro, i capelli lunghi. Non sapevamo cosa dire, e allora gli ho chiesto se aveva bisogno di vestiti o di roba da mangiare, e lui ha risposto di portargli solo qualcosa di buono da leggere. Figurati.»

«Sei sempre stata un po' innamorata di tuo fratello.»

«Sì. Ma non gliel'ho mai detto... Anche lui mi vuole bene. Ogni tanto litigavamo come due cagnolini impazziti... Io lo picchiavo.»

«La sorellina senza prudenza...»

Mi sorride.

«Mia madre è riuscita a non piangere. Poi, siamo stati un po' con l'avvocato.»

«Cosa dice?»

«Che non c'è molto da sperare. Potrebbero dargli anche l'ergastolo. Dice che se esageriamo con la storia di mio padre, per spiegare perché lo ha fatto, potrebbe essere anche peggio. Io non credo.»

«Nemmeno io. Ma le cose spesso non hanno logica. Forse ha ragione lui.»

«L'avvocato non vale niente. Sta anticipando il fallimento. Ce ne vorrebbe uno cento volte più esperto di lui. Sento che probabilmente non lo porteremo fuori più. Capisci? Devo prepararmi a questo. Con mia madre. Devo pensare che avremo una vita diversa. Ancora non ci riesco.»

Dico: «Non sei sola» ma subito me ne pento.

Mi guarda, senza rispondere.

«Vai a mangiare, ti aspetto.»

«No, non ho fame. Sono troppo stanca. Però vado a sistemare la cucina. Tu non andartene, prima voglio farti vedere una cosa.» Rimane un momento ferma, in piedi, poi aggiunge: «Ci tengo che tu la veda».

Guardo la sua schiena, il sedere un po' nascosto dal maglione, le gambe che tendono il velluto dei calzoni. Prima di uscire si ferma un momento, si piega e si toglie scarpe e calze, si gira e nota il mio sguardo. Allora si avvicina e mi bacia passandomi la lingua sulle labbra, il suo codice per dire che questo non è il momento ma che presto il tempo distenderà davanti a noi la sua ricompensa di ghirlande a buon mercato.

Resto solo nella stanzetta. Tra i due letti c'è appena lo spazio per tirarsi in piedi. Sotto la finestra è stata messa una poltroncina. Su un lato della parete, a mezz'altezza, è appeso l'armadio.

Sopra i letti, in mensole che si allungano fino al muro opposto, ci sono le loro cose, tracce dell'infanzia mescolate a libri, fotografie, oggetti che mostrano la cura quotidiana o la fissità irrevocata di un regalo inutile. Vedo un cappello a tuba, un berretto militare di un esercito estinto, scarpette con la lama, da danzatrice, ancora bianche come schiuma, e giocattoli scheggiati, automobili in miniatura, il busto di un poeta e quello di un compositore, appoggiati alla spalla di un orsacchiotto.

Tra le cose di lei non ci sono bambole, solo pupazzi e animaletti di pelo sintetico. Un asinello, un lupo, un grosso delfino dal colore cobalto di un mare oscurato. Tempo leggero della festa che nessuno ha rubato, come il pegno di qualcosa che vorrebbe manifestarsi nella sua luce più sicura. Alcuni pupazzi hanno perso un po' il colore, sono lisi, le orecchie basse, braccia e zampette senza forza, le cuciture allentate da una vita corsa senza risparmio, dentro il giorno sfrenato di una bambina.

Dalla parte di Clay c'è una lunga fila di libri. Mi metto a scorrere i titoli. Sono autori americani, qualche tedesco, sudamericani. Un lungo romanzo di Hemingway ambientato ai Caraibi è segnato pagina a pagina da pieghe sul bordo, come se ogni sera, per un lungo periodo, ne avesse presa una sorsata prima di dormire.

Un grosso libro quasi nascosto da alcuni in doppia fila, attira la mia attenzione. Non me l'aspetto. Il dorso largo, giallo, con il nome del dittatore. Lo apro. Le pagine sono fitte, insostenibili. Ci sono, all'inizio, fotografie di un villaggio, l'ombra di una baracca, lo sterrato che sale fino al bordo di legno degli usci. Poi, le sue foto. Quella che conosco, con il berretto, la stella, i larghi baffi, quel mezzo sorriso solo di occhi, e gli occhi lucidi, sazi. Tra le pagine un segnalibro, l'opera di un bambino alla fine delle elementari.

Nel libro ci sono foglietti, appunti forse. Anche in altri libri ne trovo, bigliettini che evito di leggere. Sulla pagina iniziale ci sono le dediche. Dalle date, vedo che molti sono stati regali di compleanno. Le date mi colpiscono, pensare che a quella stessa età la mia vocazione era ancora lontanissima.

In un'altra fila scopro, con un brivido di incredulità, un'opera della Goldman, con le pagine indimenticabili sugli ultimi giorni di Kropotkin a Dmitrov, mentre lavorava all'*Etica*, una di Bernari, alcune su Kronstadt, su Durruti e sulla Spagna.

Ivano non mi aveva mai parlato di libri. Doveva averne visti spesso tra le mie mani, nella sacca, ma non aveva mai detto niente, come farebbe un fratello sornione.

Quando Vera ritorna, sto leggendo l'inizio di uno dei primi romanzi che ho letto, una pagina concitata che non ricordavo più e sulla quale Clay deve essere tornato molte volte.

Se avesse tardato ancora un poco, avrei fatto altre scoperte sorprendenti tra quei libri, sulla passione e sulle idee che avevano attraversato la testa del mio campione.

Non mi sorride. Fa un passo e chiude la porta alle sue spalle.

«Ho finito» dice.

Mi volto, dopo avere rimesso al suo posto il libro, e vedo che ha qualcosa tra le mani, come se avesse finito di rassettare dimenticando, nella fretta di tornare da me, di riporre gli strofinacci o la tovaglia.

Dice: «Volevo mostrarti questo».

È una tela larga e ripiegata, alta, morbida, girata più volte su se stessa, come di solito non si fa: come se ormai venisse soltanto conservata nella pace di un cassetto e nessuno pensasse più di doverla usare.

Guardo meglio, ma ancora non capisco.

Fu allora che vidi per la prima volta quella specie di arcobaleno.

Perché la cosa davanti a me non era più stoffa ma una sostanza meno stabile, indifesa come pelle. Cedeva, si squagliava dove non era sostenuta. Un vapore né rosso né verde, non più bianco, una strana luce senza tinte. Una macchia sulla materia leggera fatta di bolle esplose in un tempo inarginabile, giorni, anni, passi contati uno a uno dal respiro, fino all'ultimo: un'esplosione che ricominciava il suo processo ogni notte, senza mai compiersi – una chiazza incolore dove l'aura era quel soffio centrale derivato dal rosso, ora rosa, ora bruno, come carne.

In quel momento ho visto il tessuto trasformarsi in carne – la carne fatta vernice – lasciando libera nel mistero notturno la sua anima liquida. E dentro quella materia la vernice diventare carne, tra le braccia della figlia, e la carne allora farsi stoffa, un segno invincibile di sconfitta. E questa di nuovo vernice, poi lacrime silenzio dolore – di lei che ancora non parlava, immobile (un visino adesso inespressivo, irto di attesa), avendo voluto così, senza avvertirmi, sfidare il mio ribrezzo.

«Sulle lenzuola» ha detto, indicando la cosa che teneva tra le braccia, «sul cuscino è rimasta la sua impronta. Il sangue non lo lavi. Di notte i colori uscivano dalla pelle, attraversavano il pigiama e impregnavano le lenzuola. Papà si vergognava, non voleva che noi lo sapessimo. Chiedeva a mia madre di nasconderle, di ripulirle. Si vergognava, capisci? Come se fosse una vergogna del suo corpo. Mia madre le lavava da sole e le nascondeva in un cassetto dove pensava che noi non andassimo a cercarle. Candeggina, spazzole, niente serviva. Si era rassegnata alla vergogna. Di vendere di fronte a tutti la salute di suo marito, per il lavoro. Papà controllava le corde del ballatoio dove il bucato veniva messo ad asciugare. Ma quando lui arrivava non c'erano più. Ricordo bene quei teli rovinati, appesi in giro. Sai, assomigliavano un po' alle pitture fatte con le bombolette. Piene di aloni, di punti di irradiazione. Li riconoscevi subito, anche se le donne li ripiegavano in modo da nasconderne i segni. Li osservavo dall'alto della ringhiera. Certi giorni, sulle corde se ne vedevano molti. Oggi mi piace pensare che per noi fossero un po' delle preghiere, sai, come fanno in Tibet. L'ho visto in televisione. Appendono delle pezze colorate fuori dalle case e lasciano che il vento le sfilacci. Ho pensato subito alle nostre lenzuola. Mia madre le riprendeva sempre prima che lui rientrasse, anche se erano ancora bagnate.»

Le ha appoggiate sul divano e si è seduta.

Io fissavo quella carne leggera, pensavo a mio padre.

«Guarda come sono. Come poteva pulirle? Non c'è modo.»

Ha detto: «Non si potranno cancellare più».

Leggera come la sua voce che non voleva disturbare la madre. Pensavo alla notte libera, alle strade che avremmo potuto attraversare invece di starcene a implodere in quella stanzetta: ai giardini tra le torri, a una panchina mezza bruciata, un muretto di qualche scala d'ingresso, che mi sarebbero bastati pur di stare con lei. Leggera, le gambe piene, sempre vestita male e senza cura di donna, i capelli folti, quel viso bianco con macchioline attivate dalla luce, di razza estranea, lei cui in certi momenti non sapevo parlare, stupidamente votata alla solitudine.

«Ti fa paura?» chiede, rompendo il silenzio e la deriva dei miei pensieri. Quasi uno schiaffo. Ride. Non è successo a te.

Un momento di indecisione.

«Scusa. Non mi hai capito. Quand'ero piccola credevo che agli altri facessero un po' paura. Sicuramente schifo. Era mia madre a farmelo credere. Le stendeva in mezzo alle altre cose, nella fila centrale della biancheria, le nascondeva, come se fossero contagiose. Come se gli altri potessero pensare che anche noi, noi bambini, portassimo in qualche modo la malattia addosso. Una contaminazione anche fisica, non solo la vibrazione scostante della compassione. Ma gli altri, almeno quelli che ho conosciuto, la gente del ballatoio – te la ricordi quella strada sospesa a mezz'aria, nel chiuso del cortile? – e poi qui nelle torri, ci hanno voluto solo bene. Molti lavoravano con lui. Io di sicuro non ne avevo schifo, figurati, pensavo che fosse un suo potere segreto, di riuscire a colorarle mentre dormiva. Ero ancora troppo piccola. Mi immaginavo che lui fosse un essere magico circondato da un arcobaleno invisibile che, di notte, nel sonno, lasciava quella traccia straordinaria. Come la polverina sulle ali delle farfalle. Un arcobaleno impalpabile, delicato come quelle ali. È stato Ivano a raccontarmi questa specie di fiaba. Io volevo crederci. In casa mio padre e mia madre avevano cominciato a parlarne spesso e devo aver chiesto di saperne qualcosa.»

Le tocco. La stoffa è morbida, addolcita dall'uso.

«Non voglio che si consumino troppo presto» dice, fissandole, per non dover arrossire mentre mi confida il suo segreto. «Mi piacerebbe dormirci per tutta la vita.»

Guardo il suo volto un po' nascosto dall'onda dei capelli. Sento una confidenza di complici e di fratelli, dentro il riverbero di una stanza sconosciuta dispersa tra le torri, piena di oggetti, schegge e amuleti caduti di tasca, nel silenzio dello spazio attorno, incontenibile, altre stanze e tane e gente acquattata che non parla più.

Vorrei chiederle: "Mi vuoi?". Adesso. Qui. Sul lettino dove tra poco dormirai, cercando di non fare troppo rumore, come gatti che razziano. Ma non oso rischiare, in questo momento che fatico a interpretare.

Penso alla bambina che guardava l'uomo avvolto nel suo mantello invisibile di colori, un potere da fumetto, una chioma di vernici da dispiegare a comando, l'uomo pavone, mosso non dalla vanità ma da una concentrazione solitaria. Dalla dissimulazione della sua malattia. Penso al padre stravolto che trova un sorriso, alla bimba incredula che tace perché non sa distinguere tra la verità e le truffe buone dei grandi.

«Com'era la fiaba dell'arcobaleno?»

«Diceva che un uomo buono può trasformarsi in farfalla e volare di notte nei luoghi del mondo dove in quel momento c'è luce, assorbire i colori del cielo, l'uomo arcobaleno, salvo lasciare che la sua bontà venga tradita al mattino da una traccia strabiliante nel suo letto. Ivano non si rendeva conto di quanto fossi cresciuta. Che capivo tutto. Che quella bugia penosa non riusciva più a nascondermi l'avvelenamento. Cercava sempre di proteggermi, inutilmente. Anche adesso. Quando vado da lui in carcere mi parla come se fossimo a casa, a cena insieme. Mi chiede del lavoro, cazzeggia. Dopo un po' ho capito che non dovevo credergli, anche se mi piaceva farglielo pensare. Con quella storia tentava di dare un senso all'agitazione che sentivo in casa. Diceva sempre di non parlarne con nessuno quando mi ingannava con queste storie meravigliose, che iniziavano a avvolgere le cose, modificandone piano i contorni e i riferimenti, a squagliarle come burro, e poi te le soffiavano di sotto il naso, lasciandoti solo il prodigio finale del racconto. Sentivo i miei parlare a bassa voce in bagno, o chiusi nella loro stanza. Poi c'è stata la paura, e poi la malattia. Ma tutto così veloce, non so, come botte che ti levano il fiato. Irreale, come se non fosse ancora successo niente. Certe sere torno a casa e mi immagino questo. Con facilità. Apro la porta e c'è mio padre un po' invecchiato che si dà da fare in cucina, il televisore acceso in sala, mia madre seduta a leggere. Forse sto diventando pazza come lo sta diventando lei.»

Ascoltando penso a quello che ho letto nei giornali o sentito da mio padre. Capisco che tutto mi riguarda, la sua vita, anche le reliquie e gli oggetti da niente della sua esistenza materiale. Dentro la sua casa ora trovo la mia. Inaspettatamente rivedo la figura di mio zio, morto qualche anno prima. Una ferita cui cerco sempre di sfuggire. Lui alla fine, un paio di settimane prima di morire, seduto ai bordi di una via che terminava contro la massicciata del treno. Mentre moriva li guardava passare, pensando che su quel treno forse c'ero io che andavo in città. Io sempre lontano. La morte che ti ferma. Quella volta che tornavamo in bicicletta e io lo aiutai, perché non ce la faceva più. Il fiato corto, i muscoli incapaci di un convalescente. Lui che mi chiede di spingerlo, come se ci fossimo già detti tutto. Una stella della mia esistenza. Lui che era stato forte e mi aveva sempre dato lezioni. Chiedeva per la prima volta aiuto a me. In bicicletta, guardando i treni. Ma io avevo poco tempo per lui. Se ne avessi parlato, avrei fatto quello che lei stava facendo con me.

«Perché lo ha ucciso?» chiedo.

Gira lo sguardo su di me. La sento rientrare in

una dimensione oscura di confine, un semplice passo all'indietro, come se l'instabilità – il tormento che non si può condividere – fosse una notte pronta a riaprirsi in ogni istante.

«La sera» dice «andavo a trovarlo con mia mamma. In quella città che è l'Ospedale Maggiore. Hai presente? Ogni reparto dentro quei monumenti di marmo lurido, i vialetti, gli incroci di un paese. Raggiungevamo il suo casamento. Sai come ci si sente, no, entrando in quei portici, passando per quegli ingressi dai soffitti altissimi, un giorno di pioggia, una sera senza luce. La pietra, tutta quella pietra, come fatta di lapidi, gli ascensori a gabbia di ferro, lentissimi, senza pareti. Fino al suo piano, con la corsia invasa dai letti, camere di otto, dieci persone. Sembrava già di scendere nel labirinto sotterraneo di un cimitero. Lui era nel letto d'angolo, dimagrito, la giacchetta gli pendeva sghemba da quelle che erano state spalle, le ossa del petto, il naso come un uncino a fior di carne. Faceva già fatica a mangiare. Erano passati una decina di giorni da quando era stato ricoverato. Gli esami più importanti non li avevano ancora fatti. Non ci dicevano niente. Prendevo con speranza o con disperazione il loro disinteresse.»

«Ho visto una fotografia di tuo padre» dico.

Guardo nei suoi occhi lucidi. Non si vergogna di me. Provo un'emozione oscura per le sue lacrime. Baciarle negli occhi, assaporarle sulle sue guance, trasformare la notte nei sospiri che non riesce a trattenere quando inizio a toccarla tra le gambe.

Intendo la fotografia sul giornale, i due compagni di lavoro con il vestito della domenica, sul balconcincino di casa, sorridevano. Nell'angolo in alto si vedevano alcuni indumenti stesi sulle corde. Una canottiera, calzini, strofinacci. Nessuno aveva pensato a toglierli. Nello sfondo di quella fotografia c'erano indizi seminati da un bandito strafottente.

«Gli si era rotto il rasoio elettrico, una macchinetta bizzarra di cento anni fa che era sempre riuscito a riparare. Ne comprammo uno. L'ho fatto scendere dal letto e l'ho portato in bagno con la carrozzella. Non riusciva a stare dritto contro lo schienale ma non se ne rendeva conto. Mentre si radeva mi sono resa conto che era la fine. La sua faccia bluastra nello specchio, i colori spalmati con il pollice, le linee sfocate di uno che affoga a pelo d'acqua. Mi aveva rimproverato bonariamente per quel regalo, come faceva sempre. Per i soldi. Non pensava ancora che sarebbe morto. In pochi giorni. Quell'acquisto testardo gli sarebbe sopravvissuto intatto. Certi vecchi non cambiano la dentiera perché aspettano di morire e non vogliono sprecare i loro soldi, come se fossero già di qualcun altro, e poi vivono ancora anni e anni. I calcoli di un'economia oltre la morte. Certi pensieri sono come sfregi, li senti incidersi nella pelle degli altri, che non immaginano quello che stai facendo di loro. *Dio, perdona loro perché non sanno quello che subiscono!* Ti piace? *Quello che hanno subito*. Una lapide collettiva per chi muore cornuto. Mi era già capitato di stare con qualcuno che non sapeva di essere malato e programmava, che so, di comprarsi le scarpe per l'inverno o il vino per l'anno nuovo, e di vedere la pietà serrarsi sul viso di quelli che lo stavano ascoltando. Una pietà anche fisica, fatta di lame e di spine che entrano nella carne. Mio padre non riusciva più a farsi la barba con il rasoio a mano. Gli mancava la forza di tenere ferma la presa. Se fosse stato a casa, avrebbe cercato di riparare il guasto del suo modello preistorico. Non comprava mai niente per sé, era mia madre a rifornirlo di roba nuova, quasi di nascosto. Voleva che i soldi fossero usati solo per noi.»

Siamo fatti tutti allo stesso modo, penso. Stesso cliché da discount, ognuno cerca di riversare come può un po' di bene nella vita degli altri, e ne esce la stessa roba, come da un calco in dotazione. Noi, le nostre famiglie. Animali dell'identica riserva. Modellati in anima dallo stesso ambiente desolato, dalle stesse giornate. Dall'amore incontenuto per i figli, sempre eccessivo, straziante. Penso che l'amore ha piegato le vite più del bisogno, delineato la rinuncia come creta. In una prigione dove ci si ammalava fino alla morte, giorno per giorno, e dove ci si andava di testa propria. Senza scampo. Penso agli uomini che le prime volte dovevano aver pisciato con sorpresa quell'acqua rossa piena di sangue. Senza dirlo a nessuno, per tanto tempo, per non spaventare, sperando che passasse – ma già sapendo che per loro era finita.

Una razza di animali senza distinzione, la nostra, mi dico. Identifichiamo per impulso i sottintesi della catena generatrice, e da una parola da un abito da un pensiero non espresso riconosciamo una pista comune, fatta del sedimento impersonale che sento di amare in Vera, ora che so di amarla.

«La foto era quella nell'articolo che parlava della denuncia della fabbrica.»

«Sì. È venuto uno del giornale della provincia, quello che ha scritto il pezzo ha solo telefonato. Loro lo aspettavano vestiti in quel modo buffo, con il gilet di lana e la cravatta annodata male, la giacca a quadretti. In tre sul balconcino quasi non ci stavano. Il fotografo si è dovuto sporgere oltre la ringhiera per prenderli a mezzo busto.»

«Sono passati anni.»

«Era solo l'inizio. Carte, parole, esperti, il passaparola, qualche professore che ha fatto il volontario per capirci qualcosa. Non si sa ancora come finirà l'inchiesta. Oggi, poi... salterà tutto, vedrai. Non credi?»

«Forse sì. Devono tenere calme le acque. Fare passare un po' di tempo, non so.»

«Volevo dirti ancora una cosa, dell'ospedale. Una sera, mentre mio padre stava mangiando, mia madre ha visto nel corridoio il medico che lo aveva in cura. Parlava con un collega, giovane. Forse erano irritati perché erano di turno. Un giorno tra due feste, non aveva potuto fare il ponte. Stavano vicini, bellocci, sai, con quei segni dei soldi e della provenienza che non si riescono mai a nascondere: l'orologio, l'anello, la montatura degli occhiali, la forma delle mani, il taglio dello sguardo e quell'acquetta elusiva negli occhi. Mia madre si è avvicinata per sapere qualcosa, sai, una donna così, piena di stupida reverenza. Ha aspettato, ha chiesto, dopo un'indecisione di giorni. Lui si è voltato e ha detto: "Cosa vuole che faccia per suo marito! Lo porti a Lourdes".

Capisci? Noi non sapevamo ancora niente. Aspettavamo il risultato dei primi esami. Io ero sulla soglia della camera. Temevo che lui avesse sentito. Vedi la scena? Stava mangiando una minestrina infame, in un piatto infame, con un cucchiaio infame. La canottiera gli ballava sul petto. Le ossa. Gli occhiali, che non aveva mai messo, così grandi, cascati sul naso. In una stanza piena di gente conciata come lui. Uno senza più fegato, un altro bombardato di tubi, le donne impegnate a rassettare i comodini, a stirare le coperte con le mani. Ma non ha sentito. Noi non sapevamo ancora che malattia avesse e, al più, pensavamo che lo avrebbero almeno curato, o operato. Capisci? Non sapevamo niente e ci hanno detto infastiditi che per loro era già morto. A me ancora adesso non sembra vera una cosa del genere.»

«È lui, che ha ucciso?» chiedo.

«Un giorno» prosegue lei come se non mi avesse sentito, «il giorno che lo hanno dimesso, stavamo aspettando nel pianerottolo degli ascensori. Seduti un po' distanti, senza parlare, io guardavo per terra. Mia madre sulla punta della panca, con la follia che già le era montata sulle spalle, guardava in giro e sorrideva come una mentecatta. Figurati che ce lo avrebbero portato su una carrozzina, così, spinto fuori dalla corsia e arrivederci. Senza spiegarci cosa fare, nemmeno come trovare i farmaci per il dolore. Come fare a comprare la morfina. Gente che andava e veniva, io vedevo solo le loro gambe, lo sguardo in terra, schiacciato. Mi sentivo un niente. C'erano tre uomini fermi in un angolo, oltre una vetrata. Uno era quel dottore. Parlava affabilmente. Poi, ha fatto strada a quelli che erano con lui, quasi come un commesso di negozio. Forse erano clienti privati, gli pagavano in una seduta di stronzate sussurrate con le labbra arricciate quello che gli serviva per una notte di puttane e spumante. Non ha fatto caso a noi, sicuramente non si ricordava già più nulla. Ho visto che portava scarpe con le suole e i tacchi falsi, sai, quelle che si mettono per sembrare più alti. Le gambe tozze, le scarpe quasi coperte dai pantaloni. È stato uno dei momenti in cui il mondo mi ha fatto schifo, la gente, tutta quella farsa. Io aspettavo mio padre. Capisci? Quello che aveva mostrato tutta quella freddezza, e quel disprezzo, nei confronti della morte di mio padre, portava i tacchi falsi!»

Aspetto, la scena dell'ospedale vive attorno a me. Dopo un po' dice: «No, non è lui che ha ucciso. Come si potrebbe arrivare a uccidere una tale nullità?».

I suoi occhi sembrano attraversati dalla fiamma delle lacrime. Forse è solo l'effetto di questa luce smorzata, dei riverberi dell'armadio e delle pareti che nessuno deve avere ridipinto da anni e anni. Occhi lucidi di chi ha detto troppo. Appoggio le labbra sulla loro sostanza incerta, di interregno, dolcemente. Ora acqua, ora anima. «Era molto peggio di lui» dice.

Attorno sento le vibrazioni della casa abbandonata, i letti, gli oggetti, l'odore intenso e ora buono degli abiti dentro gli armadi. Un contatto che non dimenticherò. L'idea stupida che suo padre sia in qualche modo presente a parlarmi di lei nelle cose che vedo. Anche contro me stesso ho sempre sentito che l'amore comprende questa sorta di affidamento, di impotenza sul destino dei padri, dei figli.

Dopo aver sceso le scale ed essere uscito dal palazzo, sono come affondato nella sera fresca, entrando nel mondo con un passo più profondo. Come se avessi sarchiato la terra con le mani e la terra mi stesse ripagando con la sua materia morbida e umida, ripugnante, inebriante, fissandosi con le sue gemme nella carne. Un passo irrevocabile. L'aria quasi si beveva, faceva un po' freddo, e le torri risplendevano come brace contro il cielo, con luci irregolari, vapori.

E tutto quello che era finito in disastro, sentivo, tutto il dolore, stava rinascendo lì attorno come una musica trasfigurata, una forza che mi buttava oltre e mi riempiva di desideri, voglia di correre e di provarci, di viaggiare mangiare parlare urlare sfamarmi con la sua carne. Con lei. Che mi avrebbe seguito.

I canali di scolo non avevano protezione, ci scorrevano liquidi colorati che non si mescolavano tra loro. I muri erano scrostati, qua e là si aprivano spaccature, fosse. Sembravano sbranati, quasi che l'aria ci scavasse dentro, giorno dopo giorno. Sulla loro superficie si era formata una specie di schiuma, come se il cemento a lungo andare si sfarinasse dentro i vapori delle vernici. Durante l'intervallo, alcuni andavano a mangiare nello stanzino che faceva da guardaroba. C'erano una panca, uno scaffaletto lurido per le borse, qualche armadietto di metallo. Se si era stanchi, ci si sdraiava a mezza schiena sulla panca. Gli altri in terra, le mani nei cartocci.

Tutte le mattine gli uomini sprofondavano in quell'odore mortale. Era come se una mano lercia li premesse sul muso, senza che potessero liberarsene. Fino alla fine del turno. Il fetore tagliava il respiro. Sembrava venire da un fuoco che ognuno avesse a un palmo dalla bocca. L'arsura li portava spesso a bere. Molti tenevano una bottiglietta con l'acqua o con il latte nella tasca della tuta. Il latte miracoloso che girava in tutte le fabbriche tossiche. Eppure niente bruciava là dentro. Non fosse stato per quell'incendio invisibile che rendeva irrespirabile l'aria e la faceva sembrare rovente, forse ci si sarebbe potuti illudere di fare un lavoro come un altro. In una fabbrica come tante. Ma l'odore della vernice e dei coloranti rubava tutta l'attenzione. Non ci si poteva abituare. Si agiva, si mangiava, si parlava pensando a quel fuoco immateriale. Ora mi occupo degli occhi, ora del fiato, e adesso delle gambe a quest'ora già tanto deboli. Non c'era sintesi nei movimenti, gli arti, i sensi sembravano affrontare la battaglia in solitudine, mentre tutta la forza veniva spesa per tenere salda la concentrazione, parlando come se fosse niente con i compagni – e non sembrare di essere ormai diventati dei poveri idioti piegati dalla paura o dallo sfinimento.

Gli uomini toccavano le sostanze a mani nude, non portavano guanti né maschere. Le tute erano un carnevale di macchie dure e pesanti come scudi. La stoffa non resisteva, si squagliava in poche settimane, svuotandosi dall'interno filo a filo. La spina dorsale di ogni oggetto, là dentro, perdeva presto consistenza, diventando molliccia quanto il suo sugo. Si afflosciava. Anche quella degli uomini, dopo anni di trattamento.

La sera tornavano a casa convincendosi che tutto stesse andando bene e che anche quello, in fondo, era un lavoro come un altro. Nei bagni, sul lavatoio che correva lungo tutta la parete c'erano croste e iridi spavalde che nessuno avrebbe saputo più togliere. Piovute ogni sera dalle loro mani. Dai tini si alzavano senza tregua i vapori delle misture. Gli uomini sputavano spesso. La sera lavavano il pavimento con la pompa dell'acqua. Fumare non si poteva, per fumare si doveva aspettare l'intervallo e uscire tra le casematte di quella specie di presidio militare che era la fabbrica. Benzidina, naftilamina, betanaftilamina. Gli uomini di tanto in tanto si allontanavano, andavano al bagno e speravano che anche quella volta non scoppiasse la bomba, di non pisciare sangue.

Gli altri sono morti prima di lui, a decine, per anni, i pisciabrutto, racconta mio padre. Anche l'uomo con cui ha presentato la denuncia, quello della fotografia.

Mio padre non parla mai. Io sono come lui. Lascio che le cose si capiscano da sole, se si capiscono. Una sera siamo rimasti da soli, a tavola, dopo cena. Affogati nel silenzio, ognuno bloccato nei suoi pensieri. Di me non gli raccontavo mai niente, sapeva a malapena come passavo le giornate. Il mio silenzio era una ferita che cercava di rimuovere. Diceva che stavo facendo di testa mia e che lui era ormai sganciato sul binario morto. Sentivo che non aveva voglia di parlare, teneva lo sguardo da un'altra parte. Forse avrebbe preferito che me ne andassi, lasciandolo solo. Non c'era molto da dire. Da cambiare. È stata la prima volta che si è rivolto a me come a un uomo.

Era il giorno della condanna di Ivano. Venticinque anni. Un testimone aveva descritto a lungo come l'altro si proteggeva il volto mentre lui lo picchiava. Per fargli abbassare le mani lo colpiva a un fianco, un colpo secco, e poi tornava a picchiare sulla faccia nuda con pugni calcolati, non rabbiosi, non troppo forti, forse per non finirlo subito. Pugnetti di rimessa, come quando si sfotte un bestione e non lo si lascia avvicinare – quando lo si mena ancora un po' per il ring, a testa sfondata, prima di dargli il k.o.

Lo sguardo senza espressione, irrevocabile, che accompagna una decisione tutta interiore.

«Ci sono stato anch'io» ha detto a un certo punto mio padre. «Per quasi tre anni.» Pensavo a Ivano, l'ho guardato senza capire. Non avevo mai sentito i miei parlare di quella fabbrica. «Ogni giorno mi dicevo che era l'ultimo, che me ne sarei andato. Entravo in quel posto orribile facendomi forza. Mi chiudevo nel bagno e mi guardavo allo specchio. Dentro una ragnatela di ruggine: uno specchio schifoso di cesso di fabbrica. Quell'aria corrodeva ogni cosa. Ancora per poco, mi dicevo. Qualunque alternativa sarebbe andata bene. Me lo sono ripetuto ogni giorno. Per tre anni.»

È rimasto zitto per un po', con gli occhi bassi.

«La vita a volte è così» ha aggiunto, «si mette in conto una salvezza imminente e si continua, e si crepa. È stata tua madre a salvarmi.» Mi ha guardato in faccia, lo stesso mio pensiero: se mi sono salvato. Non lo ha detto. «Tu eri piccolo, non puoi ricordare. Abbiamo deciso di non parlarne più. Tua madre ha voluto che mi licenziassi, ci ha mantenuto per sei mesi, prima che ricominciassi da un'altra parte. Quello che sapevo fare non valeva niente. Eravamo solo asini nel pieno delle forze. Era duro dirselo, di non saper fare niente. In quel posto bastava solo voler morire. Sollevare e svuotare sacchi e bidoni di roba chimica. In zona c'erano solo fabbriche meccaniche, bisognava saper usare le macchine, far funzionare la testa. Ho ricominciato da zero, come un ragazzo, grazie a uno che ha accettato di prendermi e darmi la possibilità, a quasi trent'anni.»

L'ho guardato, sapevo che in fabbrica guidava un reparto e che ogni tanto andava all'estero per installare le macchine che producevano. Sapevo che i tecnici andavano da lui con i progetti e con i prototipi per trovare gli errori e sentire il suo consiglio, a rischio dell'umiliazione delle sue critiche sferzanti. Ho pensato ancora una volta a semi preziosi dispersi da una mano incurante. Tutti noi attorno, la gente delle torri. Alla terra che ti soffoca.

Mi ha versato del vino. Siamo rimasti un po' senza parlare. Consideravo i loro segreti di uomini che per tanti anni erano stati vicini, i figli piccoli, la vita che si dispiega giorno dopo giorno. Pensavo a Vera come a una presenza meravigliosa nella nostra vita di allora. Rivedevo dentro di me alcune fotografie che mi aveva mostrato, loro piccoli, gli adulti vestiti in modo un po' ridicolo, le pettinature strane, quelle delle donne come cesti di vimini rovesciati, troppo alte e troppo larghe – gli uomini con i capelli più lunghi, le basette in risalto – la vita indovinata da particolari indiscutibili. Loro brutti e brutte le loro case, niente da invidiare, nemmeno quei bambini che sembravano replicare senza scampo la loro pochezza. Guardandole avevo pensato ancora una volta che si può amare la bruttezza, quasi esserne fieri. Se ne fotte di tutto quella bruttezza.

Non desideravo la salvezza dei ricchi. In quel momento avrei voluto correre da Vera, dirle tutto. Chissà se mi avrebbe capito o preso per scemo. Se non si sarebbe offesa prima di capire.

Mentre mio padre taceva, pensai alle piante che si comprano al mercato dentro vasetti di plastica. A primule di prato dal blu profondo, con petali venefici che sembrano fatti di fumo grasso, troppo pesante per salire nell'aria. Pensai a quei rampicanti senza appigli che alzano il dorso goffamente, quasi bestie dalle ossa spezzate. A cespi di sesamo gonfi di fiori. A foglie squagliate sui tini della vernice, integre a un palmo da terra, strappate dal passo degli uomini e intrecciate alle loro caviglie come la fioritura di un sentiero da tempo abbandonato. Ai viandanti, pensavo, che entravano in quella rovina di fabbrica ricoperta da una natura sprezzante. All'ottusità di un vagabondo che ha smarrito il passo.

Versai da bere a mio padre. Ne versai ancora un po' per me.

«Se io sapessi scrivere...» disse infine, dopo un silenzio cupo, di quelli in cui sembra essersi persa ogni voglia di contatto. «Uno scrittore di gialli dalla trama sporca. Se fossi uno scrittore questa storia, dico, la vedrei così. Come una truffa che si scopre solo per caso. L'investigatore inciampa sulla soluzione quando non ci pensava già più: ci cade sopra mezzo ubriaco e vorrebbe quasi quasi fregarsene. Una vicenda miserabile, senza gloria per nessuno. La soluzione era lì davanti a tutti, una carcassa tra i rottami. In bella vista. Nessuno aveva voglia di occuparsene. Non c'era niente di nascosto, di misterioso. Sai, come se alla fine di un giallo si dicesse che l'assassino girava con i vestiti insanguinati e le mani imbrattate a ricevere premi e saluti con l'inchino. Alla fine del libro si scopre che le vittime, gli squartati, i decapitati, i bubboni vergognosi di sé non avevano parole nemmeno per chiedere perdono ai figli della propria nullità. Si può essere tanto pecore, tanto pieni di voglia di crepare? O di desiderio di essere amati... e da chi, poi? Chi potrebbe amarti per un sacrificio del genere... ci pensi, tu? Io me lo chiedo tutti i giorni. Perché anche in me trovo questa roba. Troppa... sempre troppa.»

A questo punto mi sono strappato dal vino e da pensieri senza ordine, funebri, per cercare di capire quello che mi stava confidando.

«Cosa vuoi dire?» ho chiesto.

«Voglio dire» ha risposto mio padre, pesando le parole e guardandomi in faccia, «che quello che ha fatto quel ragazzo, l'abbiamo pensato tutti.»

Era lui a dirlo, l'uomo che aveva sempre cercato di spezzare in noi qualunque apologia della violenza, che non accettava la nostra visione estrema e arrogante e non parlava di politica, che taceva piuttosto che urlare, quasi per richiamarci a qualcosa di vicino e di prezioso che trascuravamo, come gatti ingordi, uomini colpiti dalla stessa malattia del nemico.

«Per Ivano è finita» ho detto.

Lui non ha abbassato lo sguardo.

«Quel ragazzo l'ho visto crescere. Veniva sempre a casa nostra. Soprattutto quando litigava con il padre» ha continuato. «Era un idealista, fin da bambino. Il padre non capiva cosa gli stesse accadendo, lui che si era tenuto fuori da tutto, da idee, da scontri, dalla politica ossessiva, faceva la tessera sindacale quasi come un atto di fiducia personale nei confronti del delegato di fabbrica. Fino al momento della denuncia. Ma l'idealismo si spacca come un bicchiere. La realtà supera le idee, mi capisci? Come le ha superate l'accanimento, il coraggio di suo padre. Tutta quella lotta di carte e di umiliazioni e di parole faccia a faccia. Non aveva niente a che vedere con le idee...»

Ho aspettato un momento, forse per capire se avessi davvero voglia di starlo a sentire. Sapevo che mia madre non gli avrebbe permesso di parlarmi in quel modo, senza più niente da nascondere. Lei diceva che mi ero fatto plagiare da Clay, dalla sorella, forse era gelosa del mio attaccamento a Vera, di tutto il tempo randagio che passavo in giro con lei.

«Il giudice quando ha capito cosa volevano gli ha chiesto se erano pazzi, gli ha consigliato di cercarsi un buon avvocato, se volevano farlo davvero un processo alla fabbrica, altrimenti li avrebbero spazzati via. Ci avrebbero rimesso anche gli stracci, oltre al lavoro. Loro, gli ingenui. Loro che andavano a chiedere giustizia per i morti. Loro apolitici, non potevano sapere che il mostro era ancora più potente fuori dalla fabbrica: lo stesso mostro, la stessa gente, le stesse facce pulite. Un'articolazione che andava forse letta al contrario, da dentro a fuori: dagli uffici delle istituzioni, dai baretti e dai ristoranti del centro dove ce la si ride durante la pausa pranzo, dall'altezza delle direzioni sanitarie al fondoscala del magazzino di stoccaggio, alle vasche chimiche e ai pavimenti corrosi dagli acidi, fino alle latrine rosse di ruggine e di sangue pisciato con il batticuore. Una famiglia sola, una razza, quelle casette con il giardino, in chiesa il banco di prima fila, i figlioli pieni di successo, come topi fortificati da un'ingordigia elusiva, da un processo selettivo compiutosi in pochissime generazioni. Tutta la gente che abbiamo salutato pieni di imbarazzo, contenti che ci rispondesse, tutta la gente che...»

«Io...» ho cercato di intervenire, ma poi ho taciuto.

«Tu» ha proseguito lui «queste cose le hai sempre dette, blateravi, facevi il professorino, leggiucchiavi. Ma le dicevi solo per... ideologia. Per fissazione astratta. L'ideologia è l'altra faccia della moneta che raffigura le pecore. Non voglio farti la lezione, figurati. In questo momento, poi. Voglio solo dire che secondo me i topi vanno guardati in faccia uno per uno, perché ogni topo a suo modo è speciale. Diverso dal compagno. Ha un odore tutto suo e modi particolari, uno stile: zampetta, disprezza, sopravvive come nessun altro. Merita una conoscenza ravvicinata, esclusiva. La mia fiducia nella possibilità di farcela, nella lotta contro i topi, non ha mai avuto grandi strategie alle spalle né fondali di chiacchiere. Quelle ti fregano soltanto. E i buoni, poi, non sono mai da una parte sola. Questo è quello che ho sempre pensato.»

Poi, si è versato dell'altro vino, ha bevuto adagio: «I buoni si nascondono». E ha ripreso a raccontare. «Nemmeno loro due si rendevano conto di quello che stavano facendo, del casino che si sarebbe sollevato. Non avevano idea di quanto fosse estesa quella ragnatela di vincoli personali e interessi. Tutto era potuto accadere per anni in quella fabbrica e sarebbe continuato ancora chissà per quanto, grazie a quella sconcertante mutazione del carnefice. Se lo trovavano davanti ovunque andassero a sbattere. Alla struttura sanitaria, il responsabile ai controlli dei referti delle industrie era un figlio del direttore di stabilimento. Il direttore dell'ospedale era di una famiglia che possedeva un'altra fabbrica tossica. All'ospedale ci sono due primari che sono i figli del medico della fabbrica, che era anche direttore sanitario dell'ospedale. Si riproducono. Considera che dei figli del padrone, solo uno è rimasto in azienda. Ha una figlia medico e due maschi in magistratura.»

«Quello che è morto era uno dei figli del medico della fabbrica?»

«Sì. Il padre faceva preparare certificati di controllo alla moglie. La gente aspettava in strada. La moglie ti chiamava, chiedeva il nome, preparava la carta, andava in un'altra stanza, e tornava con la lettera firmata. Saluti.»

«Dal figlio era andato anche il padre di Ivano. L'ho letto sui giornali.»

«Sì. Era uno specialista. Alcuni volevano farsi controllare. Una visita con l'impegnativa del medico condotto. Capisci la presa in giro? Quello ha detto che era tutto regolare. Di non preoccuparsi. Che non c'erano automatismi che legassero la malattia alle sostanze della fabbrica. Ha detto "automatismi". Che, insomma, in altre parole, impestarsi dipendeva dalla predisposizione di ognuno. Un po' come se fosse colpa tua, della tua carnaccia imperfetta o della tua stella imperscrutabile – un po' come se te lo meritassi, di iniziare a pisciare sangue e piangere di nascosto la notte perché stai per portare la morte dentro casa tua.»

«Gli ha detto così, di non preoccuparsi, e quell'uomo era già ammalato? Probabilmente non gli ha fatto fare nemmeno gli esami giusti.»

«Sì. E in un certo senso lui non poteva comportarsi diversamente. Urtare la costruzione. Giocare un ruolo improvvisato, fare la pecora nera. Il vero automatismo è questo. Se lo tocchi, crolla tutto: il male, e forse anche un po' del bene. Non so perché il ragazzo l'abbia scelto. Proprio lui, uno cui probabilmente veniva la pelle d'oca ogni volta che si vedeva entrare in ambulatorio uno di quegli operai. In fondo era solo uno dei tanti.»

Lo dice quasi facendomi una domanda.

«Io so che l'ha conosciuto» dico.

Mio padre aspetta.

«Me l'ha detto Vera. È forse l'unico che ha conosciuto. Li ha accompagnati lui, quando suo padre è andato per la visita. Lui e sua madre. Ma non so bene cosa sia successo.»

«Io credo che non sia successo niente di particolare. Non accade mai niente di particolare. Pensa al corridoio di attesa dell'ambulatorio. Una volta ho visto uno che camminava nervoso, la figlia aspettava che la chiamassero dopo le radiografie. Lui mangiato dal fumo, lei che cercava di dissimulare. Il momento in cui ti dicono che è finita. In un posto così, in un momento qualunque del giorno caotico di un ambulatorio per i poveracci. È quello che non succede, che ti fa decidere» ha detto mio padre. «Sarà stato quello che ha saputo dopo. Per alcuni la morte è solo un fatto statistico. Che può arrivare prima, e non è mai troppo prima. Comunque devi crepare e la vita di un pisciasangue condannato, vista dal silenzio della tua scrivania di medico, non è mai tanto bella. Né importante. Alibi te ne puoi creare quanti ne vuoi. Puoi anche dirti che l'ha scelto lui, in fondo. Che la malattia, in certi lavori, sta nelle cose. Forse puoi rammaricarti che non gli diano un'indennità di rischio. Nelle fabbriche più grandi la danno. Scegli tu di crepare a un prezzo migliore. Se poi ci aggiungi che c'era in gioco la faccia e la ricchezza della famiglia, e delle famiglie collegate... pensa a quanti culi ha salvato quella fabbrica. Università, viaggi all'estero, dottorati. La normalità delle loro carriere deve avere un retroterra di ciccia, un po' osceno, da non svelare troppo: una fabbricaccia antidiluviana, tutta croste e ruggine, non puoi certo vantarti di un qualche primato industriale, in questo caso – ma sicuro nei rendiconti mensili. E, infine, se ci aggiungi anche che non ci sono *automatismi* nella malattia. Nessuno li ha ancora provati. Io credo che, in buona fede, se quell'uomo ritornasse in vita non si darebbe pace per l'ingiustizia che ha subito.»

Rimango zitto per un lungo momento. Poi, dico: «Io non ci capisco più niente».

«Cosa vuoi dire?» chiede mio padre.

«Che più ci capisco e meno mi sembra che possa averlo ucciso per questo. Non so.»

Aspetta un momento, fa roteare un fondo di vino nel bicchiere, osserva gli aloni che il liquido lascia sulle sponde, prima di ricompattarsi.

«Perché, tu cosa ne pensi?»

«Non so. Se penso che adesso è là dentro, quasi per sempre... Così, in un certo senso, ha ammazzato anche tutti gli altri. La madre, la sorella. Anche noi, se vuoi. Credo che in certi momenti si desidera arrivare in fondo a se stessi, mettere fine al gioco. Quando uno non ne può più, semplicemente. L'avrai pensato anche tu, no, qualche volta... Non si vuole più essere viaggiatori, si deborda. Si va contro qualcuno per andare contro tutti. Farla finita, non avere più niente davanti, un po' come quelli che si ammazzano.» Ci penso un po' e dico: «Non l'ha fatto per giustizia, per nessuna idea, per niente. Io credo che quando si arriva al punto non di desiderare, ma di fare una cosa del genere, si ha il vomito della giustizia».

Lo dico e divento rosso. Mio padre mi guarda senza parlare.

«Credo che non sapremo mai perché l'ha fatto, possiamo solo immaginare qualcosa... di grande. Di incontenibile. Forse non esistono pesi che non si possano scaricare un po' sulle spalle di qualcun altro, nemmeno la colpa più grande o la certezza di essere alla fine, non so come dire, ma ci sono uomini che non lo farebbero, in nessun caso. Se ne vanno a morire come bestie malate, in un angolo, come eremiti. Hanno svolto il loro compito glorioso e vanno a morire, senza niente da spiegare a nessuno.»

Mio padre mi fissa per un po'. Dice: «Non voglio che ti leghi troppo a questa storia. Non l'avevo capito. Tu sei ancora un idealista. Hai solo cambiato le carte in tavola».

«Questa storia è finita» dico. «Non resta più nessuno.»

Scrivo dal nostro avamposto. So che nessuno muoverà un passo per noi – che il nostro destino sarà segnato dal carattere di altri. Da muri, da panorami senza movimento, né tracce di fuga o variazioni di luce, che poco a poco spegneranno la nostra resistenza. Forse. So che la gioia andrà cercata negli anfratti, negli attimi di sospensione, dentro la corrente fresca che scorrerà ai bordi del disastro, una miseria da suburbio disanimato: un flusso che ci darà forza anche nei momenti senza redenzione. Di vita sprecata per chissà cosa.

Acqua che scorre dentro un bordo di luce. Dentro le nostre teste. Un riverbero di fine aprile, un giorno libero di sole e di nuvole forse vicine, al parco, con un torrentello falso che tocca i muri venati di muschio. Il sabato di momenti senza padrone.

Ora siamo forti. Non posso pensare che tutta la gioia e tutta la forza, un giorno, saranno scorse invano. Che non sia anche il nostro spirito a benedire quell'acqua.

Alla sera, qualche volta aspetto Vera dentro casa sua. Mi ha dato le chiavi. La madre è andata a stare un po' dalle sorelle, in un paese verso Mantova. La testa le ha ceduto, è completamente inerte, una ragazzina smarrita che cerca di nasconderlo.

Mi piace stare in camera di Vera. Prendo un libro dalla mensola e, seduto sul letto, leggo. Oppure mi metto con le mie cose alla scrivania, un'asse scheggiata e lisa dai loro anni di bambini, che si sgancia dall'armadio. Non penso a niente, sono dove lei è cresciuta, tra le pareti che custodivano anche i giorni di Ivano. Una stanzetta di pochi passi, come tante, come la mia. Così preziosa.

Penso ad amuleti, a oggetti redenti dall'uso e dall'assenza, al tempo penetrato respiro dopo respiro: roba da discarica o da bancarella a prezzo unico, ora ciottolo ora cammeo, a rifiuti che si chiudono in un segreto che nessuno violerà mai.

Le preparo da mangiare. Quanti anni hanno le pentole, le posate? Sono diventato uno di loro, come se fossi cresciuto usando anch'io quelle stoviglie. Imparo a conoscere l'ordine, la sequenza degli alimenti negli armadietti. Trovo oggetti e carte e immagini che sembrano avere in custodia lo spazio in cui si trovano. Dentro l'esistenza.

Mio padre non chiede niente. Io dico: «Stasera non ceno a casa». Mia madre ora tace, come se il suo silenzio potesse fermare, rimandare una cateratta di energia trattenuta.

Le preparo la cena. Quando ho soldi, compro

qualcosa e mangio con lei. Altrimenti cucino solo per lei e dico di avere già mangiato, per non toccare quello che è suo e le costa così tanto.

Costa ogni giorno e ogni ora e ogni respiro vissuto nella menzogna. Dentro un ufficio pieno di legni pesanti che puzzano di vecchio e di parquet polverosi e rovinati, e di gente seduta nel suo antro dopo pranzo, con la porta semichiusa, a fingere sulle carte con la pancia che strippa contro la fibbia lucida della cintura. Il telefono che squilla improvvisamente come un animale sgozzato.

Potrei rubare qualcosa da mangiare insieme a lei ma non ne ho voglia. Rubare mi ripugna. Rubo solo libri, perché è l'unica cosa di cui ho bisogno e che non posso trovare altrimenti.

Le costano molto queste giornate lontane di cui non parla quasi mai. Di cui non si lamenta. Prende il quattro e poi, all'incrocio di via Farini, il cinquantadue, che affonda nel nostro quartiere. Qualche volta scende e continua a piedi fino a casa, con la strada ferma e i tram e gli autobus incolonnati tra le auto, caldi, spezzati come una colonia di scarafaggi dentro una tana scoperchiata, immobili e terrorizzati a cielo aperto. La gente a grappoli attorno al palo delle fermate, che non sa cosa fare. È bello unirsi a quelli che risalgono tra gli anfratti fumanti delle lamiere dando alla scena un'immagine di disastro appena concluso, un flash nucleare, una bomba selettiva che ha punito l'inerzia.

Io sono nel nulla della nostra navicella, tengo goffamente le corde prima che lei ci salga, e di lasciarla alla corrente.

Attendo pigramente, pieno di emozione. Seduto in camera sua, senza riuscire a leggere. Fumo dalla finestra aperta sul quadrato interno delle scale, piegato sul cortiletto dei bidoni della spazzatura e delle biciclette. Dentro una vertigine di cose da nulla, indifese, che mi impongono una strana attenzione. Un coro senza voci, una melodia di odori dentro un orto selvaggio, quando il fiato sembra mancare. Se fossero velenosi, quei miasmi, non importerebbe nulla. Oggetti di plastica, quadernetti. Mi dà pace stare da lei, come se fosse già la nostra casa. Una continuazione della sua esistenza.

Rimaniamo a lungo a tavola. Lei ha fatto il bagno, ha indosso una camicia sgualcita, pantaloni di tela, i piedi nudi. I capelli sono ancora leggermente umidi, le disegnano il viso, toccano il collo, l'apertura candida delle ossa e dei muscoli verso le spalle. Quegli occhi tagliati come astri che passano a cielo acceso incredibilmente vicini nella notte buia, quando meno te lo aspetti.

Sdraiati sui lettini. Nella luce esangue di un lampadario mezzo fulminato che per pigrizia non abbiamo ancora sistemato. Nudi. Un po' per sfida. Il freddo, il ruvido delle coperte. Io da una parte e lei dall'altra. Parliamo. La musica sul suo giradischi coperto di adesivi.

Mi piace spogliarla, lei mi lascia fare. Le sfilo le mutandine e inizio a disegnare con la punta della lingua sulla sua schiena. Il freddo non ci ferma. Con la mano salgo tra le sue gambe, lei si piega leggermente in avanti per lasciarsi sfiorare tra le labbra. Nella luce il batticuore dove la sua carne diventa più scura. Bacio la sua pelle, dentro ogni piccolo segno poro neo. Lascia che ti guardi. Non c'è bisogno che lo dica. Mi sdraio di fianco a lei. Verso mezzanotte me ne vado. Quando si addormenta. La copro, la bacio nel sonno. Mi rivesto e sistemo le sue cose. Chiudo la porta, dietro la casa buia. Qualche volta, di venerdì o di sabato, resto a dormire.

Certe sere prendo i miei libri, se lei ha voglia di leggere. Io su un lettino e lei sull'altro. Io in terra, di fianco a lei, sul tappeto di corda. I rumori dalle case vicine e dalle scale, quando qualcuno scende. Viene notte, nella casa non ci sono suoni. Non ho avuto sere intense più di queste. Mi chiede di parlarle delle cose che sto studiando. Qualche volta prendo un libro, le leggo una pagina che mi ha colpito. Non ho più voglia di incontrare gli amici, li vedo solo di tanto in tanto, per una sera scatenata che non mi diverte più. Mi piace pensare a quello che verrà, fare progetti. Qualche volta parlo al plurale, lei non mi corregge ma nemmeno mi incoraggia. Sembra sempre concentrata su cose terribilmente vicine.

«Stai diventando un orco» mi dice sorridendo, riferendosi agli amici che trascuro.

A loro lei non piace. Una ragazzina né bella né interessante. Sono convinti che sia soltanto una delle mie tante fissazioni, uno dei miraggi che vedo solo io.

«E con i tuoi studi, poi» continua. «Tutti questi libri. Chissà come andrai a finire... Dovremo stare attenti a te.»

Mi guarda negli occhi. In poche settimane sembra essere diventata una donna. Un po' spigolosa, ancora diffidente, sempre gioiosamente un passo più in là.

Non abbiamo ancora acceso la luce. Dalle finestre aperte viene il chiarore dei lampioni, il fiato della sera calda.

«Hai deciso?» mi chiede.

Ora, nel blu della stanza, la intravedo come un coagulo di linee e di colori più duri che ricompongono in continuazione la loro forma originaria.

«Sì, mi piacerebbe, se tu vuoi.»

«Il permesso è pronto, non hanno fatto problemi.»

Questi giorni stanno passando nell'inerzia dei periodi di svolta, quando si galleggia nel tempo residuo di una condizione che non sarà mai più. Tutte le cose che ho avuto sono lontane. Se ancora saremo qui, in questi luoghi, dentro la stessa carne, lo saremo come un corpo reciso che può solo rinnovarsi.

Lo sarò anch'io, come lei.

Aspetta che comunichino il trasferimento di Ivano in un altro carcere. Lo hanno già avvisato. Da quel giorno, sentiamo, inizierà il tempo eterno della condanna. Non ne parliamo. Finora, chissà perché, è sembrato tutto così provvisorio e caotico e inaspettato da lasciare l'impressione che niente sia ancora definitivo, una stupida illusione di reversibilità. Di salvezza. Dentro la paura del futuro. Forse perché sappiamo che è lì dentro, a pochi metri in linea d'aria dagli autobus e dai marciapiedi delle strade secondarie, tappezzate di merda di cane.

«Abbiamo vissuto anche noi come condannati» aveva detto Vera quando ha saputo del trasferimento.

Intendeva lo spirito spezzato, il silenzio. Come condannati ai margini della condanna. Quando la separazione non si è ancora compiuta per davvero. Con Ivano in città le rimane qualcosa di integro, come se la vita di lui non fosse già uscita per sempre dalla sua.

«Grazie» le ho detto. Di lasciare a me questo incontro. La visita settimanale.

Sarò sbalzato anch'io nella stessa terra bruciata. So già che non vorrò più quello che ho voluto; e che sarò solo, inappetente. Non riesco ancora a capire come la fine di Ivano sia potuta diventare la fine del mio vecchio mondo. Eppure è la cosa più profonda che sento. Dentro c'è anche questa ragazzina, il suo carattere solitario che non si cura delle apparenze. Le sere a finestre spalancate, nel buio, con il futuro acquattato nell'alba innaturale dei lampioni, oltre il riverbero delle torri, dove la notte non spegne il loro sangue dilavato, in un chiarore radente di brace. Una deriva a filo di costa, appena mossi dall'acqua: una sensazione esaltante, indefinita, di povertà e di gloria.

Ho riportato i guantoni alla palestra. Li avevo presi per un allenamento dall'altra parte della città. Nella palestra dell'Arci Bellezza. La stagione è finita. Si chiude per un mese. So già che non ritornerò più.

Volpe non c'era. Mi sarebbe piaciuto rivederlo, avrebbe capito tutto guardandomi in faccia. Anch'io ho visto qualcosa di nuovo scrutandomi allo specchio, la diagonale dello sguardo, una maggiore fissità. Come una voglia di troncare, senza concedere replica.

Nella stanza qualcuno ancora si allena, c'è confusione, gente nuova che tira sventole curve, come clown baldanzosi, alza pesi maldestramente, inciampa nella corda. Non fanno caso a me. Vado nello stanzino di Volpe, una cella larga un metro ricavata con un tramezzo di cartongesso. Ci sono una panca, un armadietto, la bilancia per il peso.

Avrei voluto incontrarlo per guardarlo negli occhi, capirci qualcosa. E avere il suo perdono, come ha fatto Esposito.

Prendo i guantoni dalla sacca e li appoggio sulla panca, ben in vista. Mi rendo conto che lo faccio perché veda che sono stato lì, come un saluto. È la fine. Cosa potrei dirgli? Mi guardo attorno, non sarò mai più in questa caverna. Ogni separazione mi è ancora insostenibile. A me, solitario che non si lega a nulla. Preferisco sempre andarmene senza salutare.

I guantoni sembrano carne. Solo loro sulla panca. Sono un po' lisi, l'uso li ha addolciti. Morbidi più del cuoio trattato per le signore ricche. Si piegano come mani stanche, gonfie di fatica, le rughe sottili, le pieghe di pelle viva.

Li guardo e vedo le mani mozzate di un angelo. O quelle del pugile morto separate dal resto del corpo, carne che non si redime in spirito perché la morte le rifiuta. Non avremo altra vita al di là di questa, sembrano dirmi quelle mani, perché noi siamo la vita. Siamo il tempo che si imprime nella carne, il dolore, l'attesa. La manifestazione di un equilibrio superiore che si esprime nella lotta. Il punto di contatto, l'occasione più alta dell'anima prima della fine.

Sono guantoni rossastri, la marca e il motto sulla fascia bianca attorno al polso ormai illeggibili. Nello stanzino tutto è in ordine, solo loro in libertà, come un insetto acquattato in piena vista, sorpreso dagli umani.

Sta accadendo tutto molto velocemente. In pochi giorni verrò sbalzato in un deserto dove avrò un tempo interminabile di meditazione per digerire quello che è successo.

Il pugile morto sapeva farsi ascoltare, anche le parole facevano parte delle sue battaglie, ma di lui ora mi restano solo gli occhi sbarrati di quando era a terra, dopo il k.o.

Penso a lui mentre mi avvicino al muro di cinta. Alla ragazza abbandonata nel gorgo del traffico serale, una lucciola subito scomparsa dentro la tenebra, rapita dal movimento della strada. Annullata nell'identità da quel movimento trasversale di rovina. Dalla mancanza di tempo, di attenzione.

Anch'io, l'essere più impotente, in questo sono stato carnefice. Penso a mio padre che spegne lo sguardo nel vino. Ai miei compagni balordi che non si saziano mai di tutto il tempo che sprecano. Penso ai luoghi lasciati. Come se al di là del muraglione ci fosse anche tutto questo: un oltretomba dove qualche demonio tardo di mente si gingilla con i nostri scarti, sicuro di farcene un giorno rendere conto.

Dal portoncino di fianco all'ingresso centrale entro nella guardiola. Mi chiedono i documenti, controllano. Inizio a respirare la sua aria. Attraverso un cortile, raggiungo un edificio, salgo le scale. L'aria pesante di ferro, di grasso, di plastiche, di cibo, di ossigeno respirato fino al soffitto. Ogni suono è diverso, una particolare rumorosità e porosità della materia. L'emozione mi porta pensieri sconnessi, immagini bizzarre, per non pensare a lui, che tra poco incontrerò. A quello che gli posso dire. Non voglio essere goffo. Per niente.

La sala è molto grande. Ci sono sedie accostate ai muri, c'è un tavolo lungo dove chi arriva si siede come a scuola, per l'esame. Ci sono guardie. Da una porta interna un uomo lascia entrare i detenuti. C'è confusione. Mogli, padri e madri, avanzi di disperazione. Mi hanno detto di aspettare. Non immaginavo una cosa del genere. Forse questo è il posto per i non pericolosi, mi dico, per i più miserabili.

Non sono ancora sicuro che sarà qui che incontrerò mio fratello. L'emozione mi dà una leggera vertigine, come quando stavo per salire sul ring. Ingigantisce i valori, mi farà straparlare, come al capezzale di uno che sta per morire. Avrò il coraggio di dirgliela questa cosa idiota, che lui è questo per me, adesso, un fratello, sangue di elezione? Non gliela dirò mai, lo sento.

Tutto questo, penso. Questo luogo di colori monotoni e aria pesante, le sbarre, la plastica sopra il cemento, tutto questo movimento oltre il confine sembra accadere in un grande giorno.

Forse lui non si aspetta la mia visita, forse non l'hanno avvisato.

La porta sul fondo si apre. Tocca a lui. In un primo momento non mi vede, un agente si sposta e lo lascia passare. Cerca la sorella nella piccola folla che riempie la sala. Non pensa di trovare me. Si staglia di profilo, ha un attimo di esitazione, forse dice qualcosa alla guardia. Sembra un po' dimagrito, i capelli molto più lunghi gli arrivano sulle spalle e gli tagliano a metà il volto.

Poi si volta ancora verso la folla di gente che parla o aspetta, e mi vede. Qua in fondo, contro il muro. Sorride, il viso davvero più scarno, le guance incavate di un Cristo che non si fa la barba da tre giorni. Si avvicina, la camminata inconfondibile, il movimento ancora da pugile, il piede premuto alla punta, e mi saluta in quel suo modo straordinario, contento per la sorpresa. Parla forse non più al ragazzino, sento, ma anche lui a un fratello.

Sarebbe forse andata così. L'ultimo saluto prima del trasferimento.

Sono rimasto chissà quanto. Ho passeggiato per la stanza osservando la gente, guardato in faccia le guardie che non si curavano di me, aspettando ancora un momento prima di chiedere di lui.

Un agente mi si avvicina, domanda il mio nome e chi sto aspettando. Gli mostro il foglietto con il permesso. Allora mi guarda fisso e dice che Ivano non è più lì. Trasferito quella mattina stessa in un carcere di massima sicurezza.

Non rispondo niente. Continuo a guardarlo negli occhi ma senza più vederlo. L'uomo fa per andarsene. Poi, ci ripensa e aggiunge: «Ha aggredito un compagno. Le celle erano aperte. Forse si sono azzuffati. Ha spaccato una bottiglia e l'ha preso in faccia».

Vuole fare il duro, vedere come la prendo. Io non batto ciglio. Ma non per quello che pensa lui.

Precipito nella paralisi dei miei giorni sicuri, mentre Clay è già lontano, rinchiuso in qualche tradotta, assordato dal tumulto di una corrente che non può vincere.

Inizio a percepire la mia esistenza attraverso la sferzata indifferente del tempo geologico che lo aspetta. Anni e anni, *tutta la nostra vita.* Dovrò fare i conti con questo prima di provare a raggiungerlo. Con lei.

Nella sacca avevo alcune cose per lui: qualche libro, una foto di Vera, cassetta con la sua musica. La guardia mi dice che gliele faranno avere.

Allora cerco una penna e sul libro più bello scrivo il mio nome, e quel suo saluto che mi apriva il cuore.

Questo racconto ha preso forma dopo la lettura di un servizio del "Diario" sulla vicenda dell'Ipca di Ciriè. A colpirmi fu soprattutto una fotografia presente nell'articolo.

La storia della fabbrica ha fatto da catalizzatore per quella di Clay, che stavo scrivendo. Più che il riferimento diretto ai fatti, anche giudiziari, vale quello ideale agli uomini che ne furono vittime.

Ringrazio Marco e Antonio per aver voluto pubblicare questo romanzo.

Una dedica a Chan per l'energia. A Sergio per lo sguardo. A Flavia per quello che riconoscerà.

Arnoldo Mondadori Editore S.p.A.

Questo volume è stato stampato
presso Mondadori Printing S.p.A.
Stabilimento Nuova Stampa Mondadori - Cles (TN)

Stampato in Italia - Printed in Italy